ベリーズ文庫

凄腕外科医は初恋妻を溺愛で取り戻す
～もう二度と君を離さない～
【極上スパダリの執着溺愛シリーズ】

にしのムラサキ

STARTS
スターツ出版株式会社

目次

凄腕外科医は初恋妻を溺愛で取り戻す
〜もう二度と君を離さない〜
【極上スパダリの執着溺愛シリーズ】

【プローグ】

夢を見た。

幸福だった頃、そんな過去のひとひら。

大好きな宏輝《こうき》さんと、彼の双子の姉の美樹《みき》さんが私の本当の兄姉だと信じていた、そんな幼かった頃の夢。

私は彼らの家の、家政婦の娘にすぎなかったのに。

大切に優しく慈《いつく》しまれて、本当の家族のように育って……。

『茉由里《まゆり》、ほら、おいで』

幼い宏輝さんが私に手を差し伸べる。変声もまだの、優しいソプラノ。伸ばされた手は小さく、細く、けれどしっかりと私の手を繋《つな》ぎ微笑《ほほえ》む。端正なまなざしは、幼心さえもときめかせた。

私たちが育った上宮《うえみや》家のお屋敷には広い日本庭園があった。綺麗《きれい》な錦鯉《にしきごい》が泳ぐ石の池、上品に植えられたイロハモミジ、春になればこぼれ落ちんばかりにたくさんの花を咲かせるソメイヨシノ。

私たちは手と手を取り合って庭を駆ける。そんなふうに過ごすのが幸せだった。

『あー、宏輝だけずるい。ほら茉由里、あたしとも遊ぼ』

美樹さんが私を抱きしめる。健やかな長い手足、色素の薄い髪と目の色、美しい人形のような彼女にお人形のように扱われるのが大好きだった。

『かわいい、茉由里はとってもかわいいわ』

『かわいいのは美樹ちゃんだよ』

『なに言ってるの。茉由里はかわいい上に綺麗なのよ。ほら、髪の色も綺麗な真っ黒。目だって黒い宝石みたい。お肌も雪みたい』

真っ黒でまっすぐな髪も、黒目ばかり強調された大きすぎる瞳も、白すぎる肌も、やけにに赤い唇も、自分ではちょっと好きじゃなかった。でも美樹ちゃんは『お人形みたい』とかわいがってくれる。

『ね、宏輝。綺麗だよね、かわいいよね、茉由里』

そう言われたとき、宏輝さんは決まってそっぽを向いていた。

『照れてるんだあ、宏輝。ほら言ってみなよ、素直にかわいいって。綺麗だって。ほら！』

「綺麗だ」

夢うつつで脳裏をよぎったそんな思い出。幼い頃の美樹さんの声に続いて聞こえたのは、男性らしく低くなった〝現在〟の宏輝さんの声だった。

ハッとして目を見張る。

「茉由里？」

私の顔を覗《のぞ》き込んでくる、今の、大人になった宏輝さんの瞳と視線が絡む。端正で精悍な眉目。その瞳の奥にある熱に背中がゾクッとわなないて、同時に今の自分の状況を思い出す。

私は宏輝さんに押し倒され、ソファで何度も貪《むさぼ》られている最中だったのだ。

乱れた服は、裸よりよほど淫《みだ》ら。

カットソーはたくしあげられ、スカートは腰までまくられ、ずれた下着のクロッチは淫らな水で濡れて肌に張りついていた。

与えられる快楽に一瞬意識を飛ばし、幼い頃のことを半ば夢のように思い返してしまっていたらしい。まだどこか、頭の芯がぼうっと痺《しび》れていた。

宏輝さんの手が私の汗ばんだ額を撫《な》でる。優しく、慈しむ手つきは昔と変わらない。すっかり大きくなった手のひら、節高い男性らしい指、浮き出た血管の太さは私のものとはまったく違う。

「そろそろ素直になってくれないか？」

宏輝さんは私の服をするすると脱がせながら言う。私は顔をそむけ、ぎゅっと目を瞑《つぶ》る。

目を見られれば、すべてバレる気がした。

まだ私は彼が好きだと、愛していると、狂おしいほど彼を求めているのだと。

「どうか、そばにいてくれ。俺の子どもまで産んでいるのにまだ逃げる気か」

そう言って彼が私の下腹部をその大きな手のひらで撫でた。やけに官能的な動きに思わず目を見開き、おずおずと彼を見上げる。ふ、と宏輝さんが笑う。微《かす》かに動く喉仏がどうしようもないほどに男だった。

幼かった彼と、今の彼が二重映しに見える。

大人になった彼は、純粋に私と笑い合っていられる立場じゃない。有能な外科医であり、大病院をいずれ継ぐ。

そんな彼から、私は逃げたのだ。

彼のためだった。彼の家族のためだった。そして逃げたあと、お腹に命を授かっていたのだと知った。

月満ちて生まれたかわいい息子を、なにがなんでも幸せにしなくてはと、ここまでがむしゃらに頑張ってきたのに……。

ついに見つかってしまった。

「かわいい、茉由里。愛してる」

そう言って下腹部を触っていた手を私の肌の上へと、滑らせる。その硬い指先が繊細な陶磁器でも愛《め》でるように私の乳房に触れる。反射的に漏れた甘い吐息を、彼はどう思ったのだろうか。

うれしげに微笑み、自らのワイシャツもスラックスも脱ぎ捨てて宏輝さんは私をかき抱く。

「愛してる、茉由里。俺には君だけだ――今までも、これからも」

触れ合う素肌が、信じられないほど心地いい。しっとりと濡れているのは、さっきまでの激しい情事の残滓《ざんし》だ。

声を抑えるのに必死で、嵐のようなその行為の記憶はほとんどない。

ただ貪られ、慈しまれ、激しく揺さぶられ、優しくキスされた。

思い出した身体が勝手に反応して熱を持つ。

「……でも」

私は必死で呼吸を整えようと喘《あえ》ぎながら続ける。

「でも、あなたには婚約者が」

彼女は、旧家の跡取りであり、同時に大病院の御曹司である宏輝さんにふさわしい、美しく才能もある自信に満ちた女性だ。

私なんかより、よほど彼に釣り合う。

けれど宏輝さんはひどく眉を寄せ、吐き捨てるように言った。

「茉由里。いいか、あんな女を愛したことはない」

そうして私の耳をくすぐる。耳殻を舐《な》めたり甘噛《あまが》みしたり、指先で弄《いじ》ったりしながら耳もとで噛んで含めるように言う。低く甘い、少し掠《かす》れた声は脳に直接注がれているようでくらくらする。

「俺が愛しているのは君だけ。永遠に君だけだ」

耳でくちゅり、と音がする。彼の少し分厚い舌が耳孔《じこう》を舐めている音だ。

「ああ」

走る快楽に思わず声が漏れる。くっ、と愉しげに彼が低く笑う。お腹の奥がぞわぞわして蕩《とろ》けていく。

「愛してる、茉由里。茉由里……」

彼は狂おしそうに私の名前を何度も呼ぶ。呼ぶこと自体が彼の幸福であるかのように、飽きることなく何度も。

「宏輝さん……」

一度呼び返せば、宏輝さんは蕩けるような笑みを浮かべる。

どうして。

あなたはすべて持っているじゃない。

才能も容姿も、家柄も……なのに私だけを求めているかのように振る舞う。私だけのために生きているかのように私を呼ぶ。

「茉由里、愛してる。もう絶対に離さない」

そう言って私の左手を少し強く掴《つか》む。そうして薬指に吸いついた。ハッと息を呑む私の目をじっと見つめながら、その指をゆっくりと甘く噛んだ。

マーキングされているのだと、そう思った。いつも理知的な彼が、ひどく野生的な雰囲気をまとって私を見つめている。

「誰にも渡さない、茉由里。君は一生、俺の腕の中で啼《な》いていればいい」

そうして彼は私に入ってくる。

硬い熱に翻弄《ほんろう》され、その熱に浮かされ、私の意識は再び朦朧《もうろう》としていく。

快楽の波間で、私はただこの恋慕を持て余す。
私は彼にふさわしくない。
ふさわしくないのに――狂おしいほど、私もまた彼を求めているのだと。

【一章】　強くなりたい　side茉由里

白黒のエコー画面の中で、ぴこぴこと赤ちゃんの心臓が元気に動いていた。

「かわいい」

思わず口にすると、診察台を仕切るカーテンの向こうから女医さんが「松田《まつだ》さん、ここが頭です。わかりますか?」と柔らかな声で説明してくれた。

「はい……わあ、どんな顔だろう」

「もう少し大きくなったら、3Dエコーしてみましょうね。カラーで見えますから」

どきどきとしながら診察を終え、もらったエコー写真を曲がらないようにファイルにしまった。

「ママ、頑張るからね。ひとりだけど、絶対に幸せにしてみせる」

だってあなたは、私の愛する人の子だから。

ひとりでだって、立派な大人に育ててみせる。

強くならなければ。

そう、ひとりで心に誓う。

まだ膨らみのないお腹を撫でる。愛おしさで胸がはち切れそうだった。

一方で、切ない感情が嵐のように襲ってくる。

割り切ったつもりで、忘れたつもりだったのに、諦めたつもりだったのに……私はまだ、彼を忘れられていないのだろう。

宏輝さん……。

世界でいちばん大好きなひとの名前を心で呼んで、小さく唇を噛んだ。


私がどうして、有能な外科医である上宮宏輝さんの子どもを授かったのか。それについては、二十二年の時を遡《さかのぼ》る。

初めて彼に会ったとき、私はまだ三歳になるかならないか。もちろん当時の記憶はない。一方の宏輝さんは八歳。

当時、宏輝さんは実のお母様を亡くしたばかりだった。宏輝さんのお父様は都内でも有名な総合病院、上宮病院の院長を務めており、彼はその後継。そんな宏輝さんのお世話係として雇われたのが、宏輝さんと美樹さんが幼稚園の年少組のときに担任をしていた私の母だった。私の妊娠を機に退職していたところに白羽の矢が立った形だった。

当時の母は父と死別したばかりとあって、渡りに船とばかりに上宮家での住み込みのお世話係を始めた。世が世なら乳母《うば》のようなものだろうか。

　実際、上宮家はもとを辿《たど》れば九州地方の大名の家系なのだそうだ。明治時代に軍医として上京し、以来代々軍医として務めてきた。戦後に小さな外科を開業し、それがいまや都内でも有数の大総合病院となっているのだから、医術だけでなく経営手腕も群を抜いていたと言っていいと思う。

『茉由里、ほら、おやつ間に合わないよ』

　宏輝さんが幼い声で私を呼ぶのが、私のいちばん古い記憶だ。上宮家の磨き込まれた歴史ある日本家屋の濡れ縁を、宏輝さんが私の手を繋いで歩いてくれていた。

　青い紅葉を透かしてきらきらと降ってくる夏の日差しを覚えている。濡れ縁に光を落として、私と宏輝さんは廊下を駆ける。

　私は四歳、宏輝さんは九歳のときだった。彼には双子のお姉さん、美樹さんがいて、私は彼女にもとてもかわいがってもらっていた。

　だがしばらくして、大きく事態が転換することになる。

　宏輝さんのお父さんが、後添えをもらったのだ。

　当時私は、宏輝さんと美樹さんは私の兄姉なのだと信じ込んでいた。

だって一緒に暮らして、一緒に育ってきていた。なのに『宏輝さんと美樹さんに新しいお母様ができるのよ』と聞かされ、私は完全にパニックになってしまった。

『え？ じゃあ、お母さんはどうなるの？ 追い出されちゃうの？ まゆり、お母さんと一緒にいる。でも、こーきくんとみきちゃんは？』

すべてが理解できず、パニックに陥った。

お母さんもまさか私がそんなふうに思っていたとは知らなかったようで、困り果ててしまっていた。

美樹さんにも『茉由里が大切な妹なのは変わらないよ』と慰められたものの、余計に混乱し『みきちゃんお姉ちゃんやめちゃやだ！』と混乱するばかり。

そんな泣きじゃくる私を落ち着かせたのは、宏輝さんだった。

『違うよ、茉由里。追い出されたりなんかしない。実はね、僕と茉由里は兄妹なんかじゃないんだ』

ショックの追い討ちだった。

『や、やだ。こーきくん、まゆりのお兄ちゃんでいて……⁉』

ぎゅっと抱きついてわんわんと涙を流す私の頭をよしよしと撫でて、宏輝さんは続ける。

『でもね茉由里。兄妹じゃなかったら、僕ら、結婚できるんだよ』

『えっ』

『兄妹のままだと、僕と茉由里は結婚できない。どうする？』

私はぱちぱちと目を瞬いて彼を見つめる。大好きでかっこいい、私のお兄ちゃん……。

とくん、とひとつ、ときめいた。

『わかった。兄妹、やめる』

こくんと頷《うなず》いた私に、宏輝さんはにっこりと目を細めて小指を立てた。

『うん。じゃあかわりに、大きくなったら結婚しようね。約束』

『うん！』

思えばこのときから、私は彼に恋をしていたのだろう。

とはいえ、ある程度分別がつくようになってからは、この約束が実行されるとは思わないようになった。

宏輝さんと私では、身分が違いすぎるから……。

宏輝さんと美樹さんが中学に上がったのを契機に、お母さんはお世話係を退職し、代わりに上宮家の紹介で以前とは別の幼稚園に高待遇で勤務しだしていた。おかげで私は経済的になんら困ることなく、中学、高校と進学することができた。

そして、十六歳になったある日。

『あれ、宏輝さん。どうしたの？』

私とお母さんが暮らすマンションの前に、医学部に進学していた宏輝さんが突然やってきた。私は学校帰りで、カバンを握ったまま首を傾《かし》げる。

『いや、茉由里が元気だろうかって』

宏輝さんがベンチから立ち上がり、ゆっくりと私のそばまでやってくる。

代々軍医の家系だからなのか、宏輝さんはスマートでありながらも剛健な雰囲気を持つ男性に成長していた。じっと見下ろす視線には探るような気配があった。

どうしたんだろう、と思いつつ部屋に彼を上げる。お母さんはまだ帰っていなかった。

宏輝さんにソファをすすめ、とりあえずコーヒーを出したあたりで、彼は横に座るように促してきた。

『はい……』

『なあ茉由里、どうして俺が来たかわかるか？』

じっと見つめる視線にからめとられるように、おずおずと首を振る。

宏輝さんはふっと唇を緩めて笑った。背中が一瞬粟《あわ》立った。見たことのない種類の笑顔だった。瞳の奥に、ほの昏《ぐら》い熱がゆらめいているのがわかる。

『茉由里が最近、あまりに俺にそっけないからさ』

『そ、そっけなくなんて』

私は内心びくりとしつつ言葉を返す。

少し前にお母さんに言われたのだ。『そろそろあなたもいい年齢なのだから、宏輝さんとは距離を取るべきよ』――そうじゃなければ、不毛な恋心で苦しむことになる、と。

お母さんにすべてバレていたことに驚きつつ、その通りだとも納得した。たまたま兄妹のようにそばにいることができた。けれど、きっと未来はない。どれだけ私が彼を好きでいようとも……。

切なくて苦しかったけれど、さりげなく距離を置いたつもりだった。

まさか、彼のほうから会いに来てくれるなんて思ってもいなかったのだ。

『美樹とは会ってるんだろ？　俺とはどうして？』

『どうして、って……』

宏輝さんは、困惑して彼を見上げる私の髪を撫でる。

ときおり撫でてくれることはあったけれど、こんな……どこか官能すら感じさせる触れられ方は、初めてだった。血液が沸騰するかのように熱い。

『こ、宏輝さん？』

『茉由里。約束……忘れてないよな？』

『約束？』

私はきょとんと宏輝さんを見つめる。

約束だなんて言われてすぐに思い浮かぶのは、幼い頃の結婚の約束くらいなものだ。

けれどそんなはずはないし……と眉を寄せた私の小指に、宏輝さんは自分の小指を絡めた。

思わず息を呑む。

そのまま手を持ち上げ、宏輝さんは私の小指にキスをする。

『覚えてるよな？』

『は、い……』

『ん。よかった』

宏輝さんはそう言って、私の額にもキスをする。

本当に顔が発火するかと思った。きっと真っ赤になっているだろう私に向かって、宏輝さんは目を細めた。

『続きはもう少し茉由里が大人になってから』

頭の奥がじぃん……となって半ば呆然《ぼうぜん》としている私に、宏輝さんは優しく微笑んだ。

逃げられると思うなよと、そう言われている気がした。

『でも、なんで……あんな小さいときの約束、守ろうとしてくれなくたって……』

緊張のあまりか、つい疑問がぽろりとこぼれた私に目を見張り、宏輝さんは肩を揺らす。

『鈍いよなあ、茉由里』

『そ、そんなことは』

『愛してるからに決まってるだろ？』

さらりとそう言って、宏輝さんは今度は薬指にキスを落としてきた。私はというと、耳を疑って固まったまま。

『もうそっけなくなんかするなよ？　寂しいだろ』

いつもの表情に戻って宏輝さんが言う。私は何度も頷いた。もう宏輝さんを怒らせてはいけないと強く思った。

そして、なにより……うれしかった。

宏輝さんはあの約束を守ろうとしてくれている。あんなに小さい頃の、幼い約束を。

それはきっと、宏輝さんが私のこと、特別に思ってくれてるってことだよね……？

愛していると言われたけれど、果たしてどういう意味で好きでいてくれているのかは、わからない。美樹さんがそうしてくれるように、同じく妹的な存在として？ 女性として見てくれているの？

ただ、私はどうやら彼の〝特別〟らしい。

そう思うと信じられないほど幸せで、泣きたくなるほど甘くて切ない。


『待たせてごめん』

そう言って宏輝さんが『結婚前提で』と交際を申し込んでくれたのは、彼が医大を卒業した年のことだった。私は短大の一年生で、就職活動を始めた矢先のこと。

『まだまだ研修医として、修行の身ではあるけれど……茉由里のこと守れる男になれたと思う』

そう言ってはにかむ彼の胸の中に、私は一切の迷いなく飛び込んだ。彼が〝女性として〟私を好きでいてくれていると、その事実が死ぬほどどうれしかった。

彼との立場の違いは理解していた。けれどそんなの乗り越えていけるって思っていた。なにより『まさか反対されたりはしないだろう』と勝手に思い込んでいた。それは宏輝さんも同じだったと思う。

なにしろ美樹さんは私を変わらずかわいがってくれていたし、宏輝さんと付き合ったことを小さなパーティーを開いてくれるほどにお祝いしてくれた。彼女は医師にならず、モデルという道を選んだ。そのため、家や病院のプレッシャーを宏輝さんひとりに背負わせたという負い目を感じていたのもあるのかもしれない。

宏輝さんのお父様はというと、そもそもあまり宏輝さんに関心がなかった。彼の興味関心はすべて医学と病院の経営に向けられていたから。

そして宏輝さんたちが九歳のときに義母となった早織《さおり》さんも、義理の息子である宏輝さんにあまり興味がないようだった。彼女は蝶《ちょう》よ花よと育てられた良家のお嬢様で、どこか浮世離れした雰囲気の女性だ。彼女の祖父の見舞いで出会った宏輝さんのお父さんに惚れ込んで、押しかけるように妻となったそうだ。その愛情も関心もすべて宏輝さんのお父様に注がれていた。

私たちに関心がないのだから、反対もされないに違いない――。

それは結局、若さゆえの甘い考えだったのだろう。あとになって深くそう思った。

ただ、それを知るまでの日々は、幸せ一色だった。

宏輝さんは忙しい合間を縫って私との時間を作ってくれた。

印象に残っているのは、ふたりで出かけた動物園デートだった。普段は都内か、遠出しても江ノ島《えのしま》くらいだったのに、ある秋、関西旅行に誘われたのだった。メインは動物園と遊園地が一体になった複合型テーマパークだ。

『パンダの赤ちゃんが生まれたんだって！』

はしゃぐ私の手を繋ぎ、秋の日の下で柔らかく微笑む宏輝さんの表情が、忘れられない。

『見られるかな？　……あ、予約制なのか』

パンダ舎の前で肩を落とした私の目の前に、チケットがかざされる。パンダの赤ちゃんの見学チケットだった。

『……宏輝さん！　これって』

『誕生日おめでとう、茉由里』

人前なのに宏輝さんに抱きつきかけて、慌てて止める。宏輝さんは少しがっかりした顔をした。

普段は大人でクールな彼なのに、私が甘えたりはしゃいだりするのがうれしくてたまらないらしい。

『抱きついてくれていいんだぞ？』

『ひ、人前だからっ』

『じゃあ あとでたっぷりハグしような？』

いたずらっぽく目を細める彼の表情に、大きく心臓が高鳴る。

付き合い始めて半年が経っていたけれど、私たちの関係はプラトニックなものだった。手を繋いで、ときおりキスをして、それだけで満足していた。少なくとも、私は。

でも……。

微笑む彼を見上げる。

もしかしたら、という予感があった。彼と泊まりでのデートは初めてだ。

『どうした？　物欲しそうな顔をして』

『そ、そんな顔してないよ……！』

慌てる私の手を、彼は握り直す。ただ繋ぐものから、指と指を絡める恋人繋ぎに。

どきっとした。頬どころか、耳たぶまで火照《ほて》っているのがわかる。

『そうか？　……物欲しそうにしてるのは俺のほうかもな』

ふっと彼は唇だけで笑う。たったそれだけの仕草なのに、やけに色気があって困る。

『や、やめてよ。宏輝さんかっこいいんだからそんな笑い方しないで……』

『どんな笑い方だよ』

宏輝さんが明るく笑い、ふたりでパンダ舎に入った。

透明な強化アクリル板の向こうで、仔パンダがお母さんパンダところころと転がりまわっている。

『か、かわいいっ』

思わず口にしてしまう。

フラッシュを焚《た》かなければ撮影可能だったから、何枚も携帯で写真を撮った。

『かわいいな』

普段、動物を見てもそう相好を崩さない宏輝さんもさすがに目尻が下がっていた。

そこでようやく気がつく。動物にそんなに興味がない彼が、ここを選んで連れてきてくれたのは……私が動物好きだからだ。

うれしくなって、きゅっと彼の手を強く握る。宏輝さんは『ん？』と不思議そうにしながらも、私が素直に甘えてきたのがうれしくてたまらないって顔をしていた。

大切にされてる。

それがうれしくてうれしくて、泣きたいくらいだった。

パンダ舎を出たあと、なぜか話が赤ちゃんパンダから人間の赤ちゃんへと変遷する。

『小さいころの茉由里、本当にかわいかったんだぞ？　まだまだ赤ちゃんで』

初めて会ったときの記憶は、私にはない。代わりに宏輝さんは持ち前の記憶力のよさもあってか小さなことまで完璧に覚えていた。

『赤ちゃん……って。私、もう三歳だったんでしょう？』

翌年の四月には幼稚園の年少組に入園していたはずだ。その年齢の子を捕まえて赤ちゃんとは言わないと思う。

『幼児だよな。でも俺からするとじゅうぶん赤ちゃんだった』

宏輝さんは楽しげに続ける。

『舌足らずに必死で俺の名前を呼ぶんだよ。こーきくん、こーきくん、って。とんでもないかわいさだったぞ、あれは。むちむちの手で俺の服を掴んで……』

『な、なら宏輝さん。今の私はかわいくないんですか？』

あまりにも熱弁してくるから、私は照れ隠しもあって少しかわいくない冗談を言ってみた。すると宏輝さんは少し目を丸くして、そっと私の腰を引き寄せて耳もとに口を寄せた。

『今もかわいいに決まってる。ただ……俺と君の赤ちゃんが、君そっくりだったらいいと思ってるんだ』

その言葉に私のほうが目を丸くした。頬が火照って、まともに宏輝さんの顔が見られない。

宏輝さんは涼しい顔をして身体を離し、手を繋ぎ直して歩き出す。

まさか、まさか、そんなふうなことを言われるだなんて思ってもなかった……！

ホテルへ向かうため、宏輝さんの運転するレンタカーに乗ってしばらく道を走っていると、渋滞に巻き込まれた。

『工事渋滞だろう。すぐに抜けると思う』

宏輝さんは飄々《ひょうひょう》として言う。私は頷いて窓の外を見つめた。

膝の上にはパンダのぬいぐるみ……この年齢になって恥ずかしいけれど、動物園の売店で『かわいい』とつい手に取ったのを宏輝さんが見ていて、止める間もなく購入されてしまったのだ。

と、しばらくゆっくりと車が動いていた矢先に、その事件は起こった。

『事故だ！』

『子どもが投げ出されたぞ！』

反対車線で起きた事故だった。渋滞の最後尾に後続車が追突。大人たちは無事だったが、チャイルドシートに座っていなかった子どもだけが窓ガラスを突き破って植え込みに投げ出されていた。

あがる悲鳴、子どもの名前を呼ぶ母親の悲壮な声。私は身体を凍らせて車内からその光景を見つめていた。

宏輝さんは路肩に車を止め、迷わずしゅるりとシートベルトを外す。

『茉由里、悪い』

『あの、なにか手伝えることは』

『消防だけ頼む』

そう言って彼は颯爽《さっそう》と駆け出す。

『医者です！　どいてください！』

その広い、頼り甲斐《がい》のある背中を見つめながら私は震える指先でなんとか119を押すことに成功した。

事故の様子を必死でオペレーターさんに伝える。

ややあって聞こえてきたサイレンに脱力して、私は集まってきた野次馬を、ぼんやりと見つめていた。

子どもは骨折はあるものの命に別状のない状態で救急搬送されていった。のちのち、応急処置がよかったのだと報道されて鼻が高い気分になる。

その後、彼に連れられてやってきたのはラグジュアリーなリゾートホテルだった。静かな内海が一望できる小高い丘の上に建つ南欧風のホテルだ。

事故のことはスタッフさんの耳にも入っていたらしく、予約よりずいぶんと遅い到着になったにもかかわらず、疲れてはいないかと気遣われてしまった。

『すご……』

ロビーは吹き抜けで、白い漆喰《しっくい》が目に眩《まぶ》しいドーム型の天井になっていた。行ったことはないけれど、どことなくポルトガルやイタリアなど、地中海に面した国々を想像させる。

お母さんや友達と旅行に行くこともあったけれど、こんな高級なホテルは泊まるどころか足を踏み入れたことすらない。

なかば怖気付いている私に宏輝さんは穏やかに笑って、エスコートするように腰を抱いてくれる。そのスマートな仕草に身を任せ、スタッフさんに案内されるがままにレストランへと向かった。

案内されたのは居心地のいい個室だった。

提供されたイタリアンのフルコースに、やけに私の好物が多いのに気がついて慌ててお礼を言った。きっとわざわざオーダーしてくれたに違いない。宏輝さんは『喜んでくれてよかった』とさらりと微笑む。

夕食後に向かったのは最上階にあるスイートルームだった。寝室の他にリビングやダイニングもある。バルコニーには天然温泉の露天風呂まであって、もちろんその先は穏やかな海が見渡せる。

夜の濃紺に染まった海の上に、丸い月がひとつ。

『すごい』

窓ガラスに手を置き思わず呟《つぶや》いた私を、背後から宏輝さんが抱きしめた。

『茉由里』

『こ、宏輝さん……んっ』

乱暴に唇が奪われる。

今まで彼から与えられてきた、どきどきするけど同時に安心する優しいキスじゃない。情欲をかき乱す、淫らなキスだ。口の中を宏輝さんの舌が這《は》いまわる。

『ん、んっ』

息がうまくできずに口を開くたび、キスはより深くなっていく。舌を絡めて擦り合わされ、頭の奥までじんと痺れるような感覚だった。

がくりと膝が折れかけた瞬間、さっと抱き上げられる。宏輝さんの唇は濡れていた。彼はそれを舌でべろりと舐め、抱き上げた私をじっと見つめる。

『茉由里……ここで君を、俺のものにしていいか』

宏輝さんがまっすぐに私を見つめ、少し掠れた声で言う。私は唇を微かにわななかせ、けれどはっきりと頷いた。

『はい』

彼は私を寝室に運び、クイーンサイズのベッドにゆったりと横たえる。

私の上にのしかかる彼の瞳が昂《たかぶ》った熱を宿している。私はそれがうれしくてたまらない。大好きな人が、私で興奮してくれているのが誇らしくて仕方なかった。

何度もキスを交わしながら、お互いの服を脱がせていく。生まれたままの姿で、私たちは一度強く抱きしめ合った。素肌が触れ合う。信じられないほど心地よかった。

ああやっぱり彼なんだと思った。私にとっての唯一……。

しばらくそうしたあと、宏輝さんは私の首筋に唇を落とす。

指で乳房や腰をまさぐられ、舌で舐められたかと思えば甘噛みされ、唇で吸われ……気がつけばすっかりとろんと蕩けたように彼に身を任せてしまっていた。

どろどろになった私に、彼はきちんと避妊具をつけ入ってくる。最初は探るように優しかった抽送が、与えられる快楽に喘ぐようになってからは激しさを増し、それすら気持ちよくてただ彼にしがみついて悦楽を共有した。

終わったあと気を失うようにして眠った私が再び目覚めたのは、朝方のことだった。まだ夜を残す空は太陽に白み始め、紫がかったピンクに染まっている。

ぼうっとそれを見ていた私は、抱き合ったあとシャワーすら浴びず眠っていたと気がついた。あんなに汗だくになったのに！

慌てて起き上がる私を、逞《たくま》しい腕が再びベッドに引き込む。

『こら、茉由里。どこへ行くんだ』

『だ、だってシャワー……』

宏輝さんはきょとんと私を見つめたあと、ふはっと吹き出した。

『心配するな。軽くだけど拭いたから』

『で、でも』

そう答えながら、ふと違和感を覚える。

『……え？』

そっと左手を見ると、薬指に身に覚えのない指輪が光っていた。金に花の透かし模様の、アンティーク調の繊細なデザイン。中央にはピンクがかった紫の石が嵌《は》まっている。

『これ……』

『母の形見だ。もともとは曽祖母のものだったらしい。……もらってくれないか？』

宏輝さんは恭《うやうや》しく私の手を取り、指輪の上からキスを落としてくる。私はぼうっとその夜と朝のあわいの空のような宝石を見つめ……ハッとして彼の顔に目線を移す。

『だ、だめだよ。そんなに大切なもの……っ』

『茉由里に持っておいてほしい。だめか？』

宏輝さんは眉を下げて私に頬を寄せてくる。甘える仕草に胸がきゅんとなり、私は小さく頷いた。

『あ、ありがとう……』

『じきにきちんと婚約指輪は贈るから』

そう言われて目を丸くする。婚約指輪……!?

驚いている私を見て、宏輝さんが逆にびっくりした顔をする。

『茉由里。まさか別の男との将来なんて考えていないだろうな？』

『ま、まさか。でもっ……』

『茉由里』

もう一度はっきりと私を呼び、彼は私の頬をその大きな手で包む。

『俺は君以外をそばに置く気もないし、君が他の男のそばにいるのを許すつもりもない。いいな？』

強いまなざしで断言するように言われ、私は何度も頷き返す。

そのうちにじわじわと実感が込み上げて、それは涙になってぽろぽろと溢れてしまう。宏輝さんが慌てたように親指の腹で何度も拭ってくれた。

『茉由里。これはどういう涙だ？　うれし涙……だよな？　まあ、違ったとしても離してやるつもりはないけれど』

しゃくりあげながら私は答える。

『うれし涙だよ、宏輝さん……大好き』

宏輝さんは私を不安にさせたりなんか一切しなかった。全力で愛してくれた。愛おしかった。

私が宏輝さんにも内緒で上宮病院の系列であるクリニックの受付として就職したの

は、少しでも彼の役に立ちたい、彼の仕事の一端にでもいいから触れておきたいからだった。内定が出たあとに知らせたら、すごく驚いていた。

『ねえねえ松田さん、もう会った？　上宮先生』

クリニックで一緒に医療事務を担当している先輩、白川《しらかわ》さんに言われて目を瞬く。院長である宏輝さんのお父様のことか、それとも研修医としてときどき顔を出す宏輝さんのことか。

忖度《そんたく》されたくないという理由から、宏輝さんは研修先も上宮の影響力が少ない大学病院を選んだらしい。ただ、顔見知りがいないここみたいなクリニックには非常勤医のアルバイトで顔を出していた。研修医にとってアルバイトはお給料を得る手段だけでなく、技術研鑽の場でもあるようだった。

うまく答えられないでいるうちに白川さんは話を続けた。

『松田さん、まだ入ったばかりだから知らないかあ。研修医の先生なんだけど。たまにうちにもバイトに来るの！　すっごいイケメン！　本院の院長の息子さんらしいんだけど』

そう言われて曖昧《あいまい》な笑みを浮かべた。

彼の近くで働くようになって改めて思い知ったのは、宏輝さんがとてもモテるということ。そうだろうなと思ってはいたけれど、同じ学校に通ったことがあるわけでもない私がそれを目にするのは初めてのことだった。

『彼女とかいるのかなあ。いるよねえ、あれだけかっこいいんだもん』

うっとりとする白川さんを、ちょうど通りかかった看護師の石原《いしはら》さんが睨《にら》む。手にファイルを持っているから、診察室に検査結果を届けに行くところだろう。

『おしゃべりしてないで、さっさと手を動かして。松田さんも困っているでしょう』

『はーい』

石原さんが通り過ぎてから、白川さんがこっそり舌を出す。

『知ってる？　石原さん、上宮先生狙ってるの』

その言葉に声もなく目を丸くしてしまう。白川さんは私のそんな様子に構わず言葉を続ける。

『ていうか、一回告白もしてるらしいの。遊びでもいい、本気じゃなくてもいいからって迫ったみたいなんだけど』

知らず、身体が強張った。

『ま、結局フラれたみたいだけど』

こっそりと肩の力を抜いた。まさか宏輝さんが浮気するとは思えないけれど、それでも内心穏やかじゃない。

『あたしも一回くらい告ってみようかな』

『え』

お腹の中がざわざわした。

私が宏輝さんと付き合っている、というのは言わないほうがいいのはわかってる。私がコネで就職したと噂《うわさ》にでもなって、彼がそんなことする人だと思われたくないからだ。

でも言いたくなった。彼は私のなのって……。

白川さんも石原さんも、健康的で華やかな美人だ。

私はデスクの上、スリープモードにしている携帯のディスプレイを見下ろす。まっすぐな黒髪、白いばかりで少し不健康に見えがちな頬、黒目がちで幼く見える瞳が映る。

メイクでも変えてみたほうがいいのかもしれない。髪も大人っぽく染めて、パーマもかけて……。

就職してすぐ宏輝さんと一緒に暮らしだしたマンションに帰って、雑誌や動画サイトでメイクや髪型の研究を始める。今日は宏輝さんは大学病院で泊まりのアルバイトのはずだ。

彼にふさわしい人間だと思われたい。

洗面所に立ち、思い切って買ってきた化粧品でいつもよりしっかりとしたメイクをしてみる。

『うーん……なにか違う？』

鏡の中の自分に向かって首を傾げた。心なしか悲しそうな顔をしているのは、思った以上に大人っぽいメイクが浮いてしまっているためだ。綺麗なラメも、ナチュラルベージュのアイシャドウも、私の白すぎる肌の上では変に浮いてしまうのだ。

『髪の毛巻いたら少しは……』

一生懸命に整えてみたけれど、どうにもしっくりこない。子どもが背伸びをしてしたメイクのようで肩を落とした。

と、そのときだった。玄関で鍵を開ける音がしたのは。

『ただいま』

聞こえてきた宏輝さんの声に慌てて髪をまっすぐに戻そうと四苦八苦する。

『え、ええっ』

バイト、バイトじゃなかったの……っ。

ひとり慌てている私がいる洗面所に、宏輝さんはいつも通り手を洗いに入ってくる。

『茉由里、ここにいたのか。ただいま』

宏輝さんはふわりと笑ってハンドソープで手を洗う。

『友達にバイト代わってくれって頼まれたんだ。夕食はもう食べ……どうした？』

宏輝さんがきょとんと私を見つめる。私は髪の毛で顔を隠して『おかえりなさい』と小さく言った。宏輝さんがぷっと吹き出す。

『どうしたんだ、茉由里。せっかく綺麗に化粧してるのに隠して』

そう言って私を引き寄せ、子どもでもなだめるみたいに背中を撫でた。

『すぐに褒めなかったから拗《す》ねたのか？　悪い、前に褒めたとき、照れてかえって拗ねたことを思い出して』

『そんなことしてな……待って高校生のときの話してる？』

『うん』

宏輝さんは悪びれもなくそう答え、それから私の肩に手を置いて少し身体を離す。

『ほら、見せてくれ。綺麗だよ茉由里』

その言葉に、我ながら情けないことに目の奥がじんと熱くなり、涙が出かかってしまう。うれしかったとかじゃなくて、私が高校生のときからなにも成長できていないことがわかったからだ。あのときも少しでも背伸びしたくて濃い目のお化粧にチャレンジしたのだから。

『どうした？』

大慌てする宏輝さんに、うなだれしどろもどろになりながらも事情を説明する。

さぞかし呆《あき》れられただろうと思いきや、宏輝さんは私の頬を両手で包んでにこにことうれしげにしていた。

『こ、宏輝さん？』

『すまない。俺の恋人、どうしてこんなにかわいいんだろうと思って』

『かわいくなんか。全然成長してないしすぐ拗ねるし』

『かわいいよ。俺のために色々考えてくれたり、苦手な化粧にまで挑戦してくれるの、胸がきゅんとして痛い』

『色々って？』

『仕事だって俺のために選んだんだろう？　そんなに一心に愛されてうれしくないわけがない』

そう言ってから『でも』と彼は微かに眉を下げた。

『無理はしないでくれるとうれしい。俺は茉由里がどんな道を選ぼうと、どんな髪型や化粧をしようと、突き詰めて言えば、どんな姿でだって愛してるよ』

『……別の生き物になってしまっても？』

やっぱりかわいくない答えの私にも、彼は満面の笑みで『もちろん』と即答した。

『犬だろうと猫だろうとイルカだろうと、茉由里だったらすぐわかる』

『嘘《うそ》』

『嘘じゃない』

宏輝さんは穏やかに目を細め、私の頬に指を這わせた。

『自信ある』

言い切られて苦笑した。なんだかそんな気になってくるのだから不思議だ。

『そうかもね』

素直に彼に甘え、その大きな手のひらに擦り寄る。うれしげに宏輝さんは私を抱き上げ歩き出す。

『宏輝さん？』

『茉由里が拗ねようとなにをしようとかわいいだけだけれど、少しムッとしたことがある』

『なあに？』

彼の整った眉目を見上げ言った私に、宏輝さんは『俺には』と口にする。

『俺には茉由里だけだ。他の女性に目移りすることなんて、絶対にない』

『あ……』

胸がぎゅっと痛み、彼にしがみついて『ごめんなさい』と繰り返す。

一心に愛してくれている彼の心を、一瞬でも疑ってしまった……。

宏輝さんは私の顔を見てからふっと表情を緩め、そっと私をベッドに横たえた。

……ベッド？

目を瞬く。いつのまに寝室に……と驚いている私の頭の横に彼が手を置いた。

『心配するな、茉由里。疑えないくらい、身体に教え込んでやるから』

『……宏輝さん。いきなりどうして……』

『わからないか？』

飄々と彼は言って私の服をすっかり脱がせてしまう。彼の唇が首筋を撫でる感触に、快楽でゾクゾクと背中が粟立った。

『宏輝さん……』

『こんなにかわいくて愛おしい存在がいるのに、遊びだなんだでよそ見する余裕なんかあるはずないだろ』

鎖骨を甘噛みされて肩を揺らす。反射的に身体をよじった私を大きな体で優しく押さえつけ、宏輝さんは私の頭をゆっくりと撫でる。頭皮の上を彼の指が動き、髪をすいて手のひらにすくい、キスを落とす。

『髪の毛一本からつま先まで余すところなくかわいい』

『それは言いすぎ……』

『言いすぎ？』

宏輝さんは軽く眉を上げ苦笑した。普段は怜悧《れいり》に見えるほど精悍な顔つきが信じられないほど甘く緩んでいる。

『まったく、やっぱりわかっていない』

そう言って上半身を起こし、私の脚をどこか恭しささえ覚える仕草で持ち上げた。恥ずかしくて太ももを合わせる私に構うことなく、彼は私の足の甲に口づけた。

『宏輝さん、だめ、汚い……』

一日働いたあとの足だ。

『汚い？　どこが』

彼はそのまま足の甲の骨に舌を這わせる。あまりのことに失神するかと思った。こんなことなら、せめてお風呂に入っておくべきだった……っ。

『愛してる、茉由里』

『んっ……』

彼が足の親指にキスを落とす。もうどんな顔をすればいいか、どんな声をあげればいいのかわからない。彼のキスは足から膝、太ももへと移動しながらその執拗さを増していく。

翻弄され蕩けさせられ、ハッと気がついたときには宏輝さんが手荒な仕草で自らの衣服を剥《は》ぎ取ったところだった。その瞳に浮かぶ欲望が素直にうれしい。

彼が私を欲しがってくれていることが……。

『大好き』

思わずこぼれた本音に、宏輝さんは目を丸くしたあと、本当に幸せそうに笑った。

私の中に入ってくる硬い熱。最愛の人に与えられる淫らな快楽に涙がこぼれる。

『あ、あっ』

彼が動くたびに意図せず嬌声《きょうせい》をあげてしまう。

はしたない声が恥ずかしくて抑えようとするけれど、とても無理で。

『かわいい、茉由里、好きだ』

はあ、と彼が熱く息を吐きながら囁く。脳に直接響くその低い声は信じられないほどに官能的で、思わず歯を食いしばる私に彼は甘く苦笑する。

彼の律動が激しくなる。私の身体の中を擦り動く熱。快楽の波に翻弄され、悲鳴のようにただ彼の名前を呼んだ。すぐさま呼び返される。

『茉由里……っ』

弾ける悦楽。私をかき抱く宏輝さんの背中にしがみつき爪を立てた。

愛されている。疑いようなんかどこにもない。

私もまた、彼を愛してる。

彼のためなら、なんでもできる。


それからしばらくあとのこと。私の二十三歳の誕生日を祝うと言って宏輝さんが連れてきてくれたのは、ニューヨークだった。最初はあまりに高価なプレゼントになると遠慮した。けれど世界最大の都市動物園に誘われ、あえなく陥落してしまったのだ。

『絶対にお礼するからね……！』

『俺は茉由里が楽しんで笑ってくれたらそれがご褒美なんだけどな？』

そう言って宏輝さんは私の手を引き、動物園の入場ゲートをくぐる。

十九世紀に開園したこの動物園では、狭い檻の中で動物を飼育するという手法はとっていない。そのため、世界最大の都市であるマンハッタンから電車で一時間もからない立地にあるとは思えないほどの敷地面積を誇る。徒歩ではとうていまわり切れない規模のためか、園内をぐるぐるとトロリーバスが走りまわっていた。

『わあ、キノボリカンガルー、初めて見た……！』

日本ではめったに見ることのできない希少な動物がこれでもかと展示されている。

『かわいい……』

木の上でじっとこちらを見つめるキノボリカンガルーを堪能したあと、木々が生い茂る歩道を宏輝さんとのんびり歩く。秋の柔らかな日差しが葉を透かして落ちてきていた。

園内ではクジャクが放し飼いされており、その優美な羽をふさふさ揺らしながら歩いていく。求愛のためにより美しく進化してきた飾り羽だ。それを目で追っていると、宏輝さんがふと立ち止まった。

『どうしたの？』

目を瞬く私の手を握ったまま、宏輝さんが片方の膝を地面につく。きょとんと彼を見つめてしまう私に、彼はジャケットのポケットから小さな箱を取り出し、差し出した。ベルベット生地の、アクセサリーケース。ちょうど指輪が入る大きさだ、と気がついたときには彼はその箱を開き、柔らかに微笑んで口を開いた。

『茉由里。どうか俺と結婚してくれないか』

悲鳴を呑み込む。意思より感情が先に動いて、自然と涙が溢れた。こくこくと何度も頷く。死ぬまで彼のそばにいる権利を得られたことが、誇らしくてうれしくてたまらなかった。

『不束者ですが……っ』

あとの言葉は口にする前に宏輝さんに抱きしめられて口に出せなかった。

日本語のプロポーズだったにもかかわらず、周りの観光客の人たちも雰囲気で察したのか、わあっと歓声があがり、口々にお祝いの言葉をかけられる。見ず知らずの人たちに祝福されるさなか、宏輝さんは私を抱き上げくるりとまわった。

『幸せにする！』

満面の笑みでそう言う彼を私は見下ろし、涙をこぼしながら微笑み返す。

『私もあなたを幸せにしたい』

『俺はもうじゅうぶん幸せだ。死んでしまいそう』

そう言って笑う彼の目に、小さく小さく涙が浮かんだ。

その涙に、彼が緊張していたのだとわかって不思議に思った。

私が彼以外に気持ちが動かされたり、ましてやプロポーズを断るなんてことがあるはずがないのに。

式は宏輝さんの仕事がもう少し落ち着いてからと決めた。けれど『少しでも早く名実ともに君を俺のものにしておきたい』という彼の熱烈な要望もあって、入籍だけは早めにしようと決めた。

私たちが付き合った記念日、三月の半ばに籍を入れようと。

『私はもう宏輝さんのものだよ』

『そんなかわいいことを言う君が他の男に攫《さら》われないか心配で仕方ないんだ』

そんなことあるはずがないのに、宏輝さんは変な心配ばかりしている。

年が明けてから、私と宏輝さんはひとつ約束をした。

避妊をやめる。

『すぐにでも子どもが欲しいんだ。君と俺との子ども……』

宏輝さんがそう言うのには、きっと理由がある。

彼はずっと、家族の中でひとりだった。

お父様は仕事に邁進《まいしん》し、義母の早織さんからは関心を一切向けられず。片割れである美樹さんは幼少期から自分の意思を貫いてモデルやタレントとして活躍していたため不在がち。

結果として、医師や上宮の後継となる重圧は宏輝さんがひとりで背負うことになった。本当に幼い頃から、彼は後継としての自分を受け入れていた。投げ出すことのできない責任感は、口や態度に出すことはしなかったものの相当に苦しかったはずだ。

だからこそ家族が欲しいのだと、なんとなく察していた。私は一切の不安なく頷いた。

永遠の愛を信じていた。

薬指に光るのは、婚約指輪……そして、金の透かしの指輪。そちらに光る夜と朝のあわいのような紫がかったピンクの宝石は、クンツァイトというらしい。

石言葉は――無限の愛。

結婚が決まり、私たちは世田谷《せたがや》にある低層マンションへと引っ越した。

『子どもが生まれたら、あの家じゃ手狭だろ？』

と、そう言って……。

日当たりのいい広いバルコニーのついた新築のマンションだった。きっと宏輝さんはプロポーズをする前からここに目をつけ、こっそりと契約していたのだろう。人気の物件であるはずなのに、スムーズに転居が決まったのだから。

引っ越したマンションの表札にふたつ並ぶ名字。これがひとつになる日が待ち遠しかった。すでに記入した婚姻届を、宏輝さんはわざわざ棚に飾ってくれた。

忙しい仕事の合間、一緒に式場めぐりもした。都内はもちろん、京都《きょうと》や沖縄《おきなわ》まで。

『海外もいいよな。ケアンズとかどうだろう』

『ケアンズ？』

『オーストラリア。グレートバリアリーフがある』

『珊瑚礁《さんごしょう》の？』

きっとものすごく綺麗だろう。青い海と空を思い浮かべ、思わずうっとりした私に宏輝さんは微笑む。

『なら、次の休み、弾丸になるけれど行ってみようか』

『え？』

『下見に。いいだろ？』

『でも』

『最近忙しすぎて、疲れが溜まってる。どこかで茉由里とのんびりしたいんだ。だめか？』

甘えた視線を向けられて、……大好きな人にそんなふうに甘えられてだめなんて言えるはずがない。宏輝さんは普段すごくキリッとしているから、余計にギャップで胸がきゅんとしてしまうのだ。

頬を熱くしながら頷くと、本当にうれしそうにキスを落とされた。

慈しむ、愛情たっぷりのキスだった。

けれど、入籍を目前にしたある日、宏輝さんの義母である早織さんが家を訪ねてきた。宏輝さんが学会でアメリカに行って不在の、そんなある夜のことだった。

普段は五十代とは思えないほどバイタリティに溢れ若々しい早織さんが、急に老け込んだように見えて心配になる。このところ心臓を悪くして体調を崩しがちな宏輝さんのお父様に代わり、理事長代理として病院の経営を担っていると小耳に挟んでいた。

その疲れかもしれない。

『ごめんなさいね、突然』

ソファに座り、早織さんが疲れた顔で言った。

『いえ……どうされたんですか？』

コーヒーを出しながら、そこまで緊張するでもなく質問した私に、早織さんは淡々と言い放った。

『宏輝さんと別れてほしいの』

『……え？』

思わず愕然と早織さんを見つめる。

聞き間違いだろうか、とみじろぎした私に、彼女はすっと一枚の紙を差し出した。

小切手だった。一目ではいくらかわからないほどの金額が書き込まれている。

『ウチの病院が、北園会《きたぞのかい》病院と提携することになったの。経営上、やむにやまれぬ判断よ。なにがあってもこの提携は成し遂げなくてはならないわ』

医療法人北園会病院。関東を中心に、北海道《ほっかいどう》から沖縄まで、大きな都市には必ず北園会グループの病院がある。都内にもクリニックを含め四箇所、うちひとつは救急指定も受けている総合病院だ。

上宮病院もかなり大きな病院だけれど、北園会とは規模が違った。それほどの病院との提携話が出ているなんて、初耳だった。宏輝さんが『忖度されたくないから』と、大学も研修医としての勤務先も上宮と一切利害関係のないところを選んだのもあるだろう。いずれは医者として経営者として関わることもあるだろうけれど、勉強中である今は病院の経営に関してはほぼノータッチのはずだった。

『それと……病院の提携話と、私たちの結婚と、一体どんな関係が』

『北園会病院の院長の娘さんが、ちょうど宏輝さんと同じ年頃なの』

そうして早織さんはじっと私を見つめた。

『宏輝さんとその方が、政略結婚……ということですか……？』

呆然と呟いた私に、彼女は頷く。

私はすっとテーブルに歩み寄り、小切手を手に取り早織さんに突き返す。

『受け取れません。絶対に』

言い放った私に、早織さんはテーブルを叩《たた》いて立ち上がり、叫ぶように言う。

『自分のことばかり考えるのはやめて！』

『ど、どういうことですか……？』

『今、ウチの病院は大きな負債を抱えているの。数十億円もの負債よ』

『数十億……って』

呆然と聞き返す。額が大きすぎて、いまいち現実味がなかった。

ただ身体を固くする私に、早織さんは『説明させてもらっていい？』と呟いた。私が頷くと、彼女はどこかへ電話をかける。ややあって、インターフォンが鳴った。

『今回のプロジェクトリーダーを呼んでおいたの。信頼のおける経営コンサルタントよ』

そう言われて、開錠し部屋に招き入れる。

宏輝さんのお父様が経営から一時的に退くにあたり、早織さんが彼女の実家とも繋がりがある経営コンサルタントを数人引き抜いてきたというのは聞いていた。早織さん自身は素人だけれど、大企業の経営にも携わってきたコンサルタントがつくならとお父様も安心したらしい。

『はじめまして』

そう言って微笑む、早織さんと同年代のスーツ姿の男性から名刺を受け取った。

『平岡《ひらおか》さん……』

『はい。よろしくお願いいたします』

彼、平岡さんは真面目そうな顔で一礼して、私がすすめた椅子に座る。それを見ながら早織さんが口を開いた。

『どうやら、一部の土地と建物を担保に貸借契約が交わされていたらしいの。どうしてここまで表沙汰にならなかったのか……平岡さんたちが間に入ってくださり、なんとか返済を待ってもらっている状況よ』

『こちらがその契約書です』

平岡さんがソファ前のローテーブルに数枚、書類を並べた。

『どうぞ。手に取っていただいて』

私は綴じられた書類を手に取ってみる。ぱらぱらとめくったところで、素人にはなにも判断がつかない。

ただ、これは現実なのだと、並ぶ数字が念押ししてくる。

『そんな……』

どうにかならないんですか、と口から出かかってこらえた。コンサルタントさんたちですらどうにもならなかった状況なのだ。素人があれこれ言ったところで仕方ないのだろう。私はうなだれる。

『それで……つまり、北園会から融資の話があったということですね』

私にだって、それくらいのことはわかった。

融資の代わりに、おそらく半ば吸収される形になるのだろう。それでもつぶれてしまえば、たくさんの患者さん、それから病院で働くスタッフが路頭に迷うこととなる。

それだけは避けなければ、という早織さんの……いや、経営コンサルタントを生業《なりわい》としている人たちの判断なのだ。

『ええ……提携をより強固なものとするために、結婚の話が出たの』

部屋の中に静寂が満ちた。

頭の中がぐるぐるしている。ひとつわかるのは、この話を受けなければ、上宮病院が立ち行かなくなる、ということだった。私は唇を噛む。

早織さんが立ち上がり、ふらふらしながら床に座り込み頭を下げた。

『さ、早織さ……！』

『お願い。お願いします。宏輝さんを諦めて』

『松田さん』

平岡さんも早織さんの横で膝をつき、私を見上げる。

『お願いします。これが最後のチャンスなんだ。時間がありません』

そうして真面目そうな顔を苦しげにゆがめる。

『時間がない。今、決めてください』

『そ、そんな。今……って。せめて、宏輝さんに』

『婚約者が身を引くと聞いて、素直に従うような人ではないと聞き及んでいます』

『それは……そうですが』

でも、でも、と困惑の中、視線をさまよわせる。棚の上にある婚姻届、ケアンズのガイドブック、動物園で買ってもらったパンダのぬいぐるみ。

握りしめた手、薬指で輝くふたつの指輪。

『お、お願いします。宏輝さんと話す時間を』

『……はあ』

平岡さんが呆れたようにため息をついた。

『強欲な人なのですね』

『え？』

『まーあ、あなたはいいでしょう。あなたは。宏輝さんは優秀な医師と聞いています。就職先はいくらでもある。引手あまただ。そんな彼と結婚し、悠々自適なセレブ生活ですか？ 羨《うらや》ましい』

『っ、そ、そんな。私はただ』

宏輝さんと離れたくない。ただそれだけ……！

『でも実際そうですよね？ このままだとそうなりますよね？』

平岡さんは畳みかけるように鋭い言葉を続ける。

『スタッフはどうなるんですか。宏輝さんみたいに有能な人ばかりじゃない。家族を抱えた、定年間際の人間だっている。再就職できるとは限らない。そうだ、患者様は？ このゴタゴタで手術が延期になり、そのまま亡くなる方もいるでしょうね……

あなたのせいで』

私はただ目を見開く。

『わ、私の』

『あなたの』

平岡さんはいっそ淡々と言う。

身体が震えた。私のせいで、誰かが……死んでしまう？

『嫌でしょう？　患者様のご家族にとって、あなたは疫病神だ』

震え続ける私に、平岡さんがやけに優しい声で言う。

『どうしますか、松田さん。今決めてください。今ならまだ、間に合う』

すっと平岡さんが小切手をローテーブルの上で滑らせる。さっき突き返した小切手だった。

『どうか、みんなを救ってください。あなただけができることだ』

混乱して、なにもわからなかった。ただポタポタと涙がこぼれ落ちる。

『お金は……いりません……』

なんとかそう伝えるので、精一杯だった。

宏輝さんに知られれば、彼はそんな話を無視して私を妻にするだろう。医者として、経営者の息子として、彼が喉から手が出るほどこの提携を欲していたとしても……彼は、優しい人だから。

私を捨てたりできないのだ。

だから、このほうがいい。今離れたほうが。

私は彼にふさわしくない。私では、彼の助けになれない。病院の経営を立て直すような潤沢な資金も、アイデアもノウハウも、私にはなにもないのだ。

『私じゃ、宏輝さんを助けられない……』

細くこぼれたひとりごとに、現実が凝縮されていた。

私がわがままを貫けば、多くの人が困る。患者さんが命を落とすことにもなりかねない、と聞いたとき、私の意思は固まっていた。

顔を見て別れを告げることはできなかった。彼はきっとすぐに私の感情を見抜いてしまう。

だから手紙を書いた。他に好きな人ができたと、もうあなたはいらないと、そう書いた。

婚約指輪とクンツァイトの指輪、ふたつを添え、彼と暮らした部屋のテーブルに置いた。

いて、ひとりで荷物を抱えて東京を去る。

職場に関しては、先に早織さんが退職の話を進めていたと聞いて妙に力が抜けた。私がこの話を呑むこと前提で、みなが動いていたのだ。

私は……病院のスタッフ含め、そもそも上宮の家のみなさんに歓迎されていなかったんだな。

お母さんにはよくよく話をした。すでに早織さんから聞いていたらしく、私を心配しつつも『あなたがそう決めたのなら』と優しく送り出してくれた。そもそもお母さんは上宮家に大恩がある。上宮家の決定とあらば逆らえないというのも本音だろう。

そして私もそうなのだ。

『京都にね、昔からなにかと気遣ってくれている親戚がいるの。困っていると相談したら、すぐにでもおいでと言ってくださったわ』

『親戚？　そんな人がいるなんて初耳だよ』

『……そうね。黙っててごめんなさい』

お母さんの含みのある言葉を疑問には思ったものの、深く考える余裕はまったくなかった。新幹線で京都に向かいながら、私はずっと泣いていた。どうしたらいいかわからず、何度ももうなにも嵌まっていない薬指を撫でた。

『宏輝さん、宏輝さん』

私は携帯の中にある写真を、動画を泣きながら見続ける。

宏輝さんに会いたい。別れたくなんかないって言いたい。でもそのたびに早織さんと平岡さんの言葉がまざまざと蘇《よみがえ》った。

私が身を引けば、多くの人が助かるんだ。

父方の親戚だというその人は京都でカフェをやっており、私はその伝手を頼ることにした。還暦が近い穏やかで無口な男性で、吉田《よしだ》さんというらしい。銀閣寺《ぎんかくじ》の近く、哲学の道沿いにある二階建てのアンティークな洋館に、数軒のカフェが間借りして入っており、私はそのうちのひとつで働くことになった。

『まあ、無理せず』

あまり身の上を語れない私に、コーヒーの香りでいっぱいの店内で吉田さんが言ったのは、それだけだった。

このお店は少し穴場なのか、地元の常連客とときおりやってくるカフェ目当ての観光客で成り立っていた。私は吉田さんにコーヒーの淹れ方を習いつつ、主に接客をこなす日々を送っていた。

そんなある日、自分の体調不良に気がつく。

ようやく仕事にも慣れてきた、春の日のことだった。哲学の道沿いの桜は満開で、ひっきりなしに観光客が行き交う。カフェがお休みの水曜日、なんの気なしに散歩に出た。ひとりで家にいると、もうどうしようもないのに宏輝さんのことを考え続けてしまうから。食欲もなくて痩せてしまい、吉田さんにも心配をかけている。

銀閣寺の参道で抹茶《まっちゃ》ドリンクを買ったのは、『なんでもいいから口にしなさい』と吉田さんに口ずっぱく言われていたせいだった。宏輝さんに居場所が割れないよう、会いに来るのを控えてくれているお母さんもかなり心配させてしまっていた。

だめだよね、このままじゃ……。

口にして、胃のあたりに不快感を覚えた。

『なにこれ……？』

どうしたんだろう、と胃をさする。ストレスだろうか。

その日の夜には食後に思い切り吐いてしまって、少し不安になる。宏輝さんを頼りたくなって、会いたくなって、ぽろぽろ涙がこぼれた。

翌日ドラッグストアに胃薬を買いに行き、薬剤師さんに『妊娠の可能性はありますか？』と聞かれて小さく息を呑んだ。薬剤師さんからすれば単純に薬の禁忌に対する質問だった。妊娠していると飲めない薬だったから。

あからさまに狼狽《ろうばい》した私に、薬剤師さんは親切に微笑み、検査薬をすすめてくれた。あくまで『念のため調べたほうがいいですよ、つわりかもしれませんからね』というスタンスで。

検査薬のくっきりとした二本の線に、思わず自宅の床にしゃがみ込む。感じたのは喜びだった。最愛の人の子どもを宿すことができた幸福……。

それからぎゅっと自分の身体を抱きしめた。

もし何事もなく別れていなかったのならば、きっと宏輝さんは信じられないほど喜んでくれただろう。大きくなるお腹に触れて微笑む彼を夢想して、ありえない想像にまた少しだけ泣いた。

『絶対に育てる。幸せにしてみせる』

強くならなければ。

迷惑をかけるから、と仕事をやめようとした私を、吉田さんは引き留めた。気を使わせてしまいそうで、妊娠のことは口に出せなかった。

幸い、一年くらいならどうにか暮らせるだけの蓄えはあった。一緒に暮らしていた間、宏輝さんはなにかと理由をつけて、私がお金を使わないよう配慮してくれていたからだ。

『一体、どうして』

焦った口調で言う彼に頭を下げる。

『すみません、本当に急で……でも、その』

『……なにか病気をしているんじゃないだろうね』

病気、と聞いて微かに身体を強張らせてしまった。病気でこそないものの……。

『まさか本当に？』

吉田さんがさっと顔色を変えた。

『え？』

『症状は？　病院へは……入院はするのか？　そのために辞める？』

飛躍していく吉田さんの会話にただ目を瞬いた。どういうこと？

『茉由里さん。君の父親と同じ病気なんじゃないか？』

『お父さん……と？』

記憶にないお父さんの話題にたじろぐ。

思い出してつらいから、と写真すら飾られていなかったお父さん。病気で亡くなったのだけは聞いているけれど……。

『実は、君は……僕にとって遺伝的に実の娘同然なんだ』

焦燥を浮かべた吉田さんの言葉に目を丸くする。

『どういう……ことですか？』

戸惑いながら問いかけた私に、吉田さんはハッとした表情で首を横に振る。

『君の父親は、僕の一卵性の双子の兄だ』

思わず息を止めてしまうほど驚いたけれど、それで納得した。一卵性双生児ならば、遺伝的には親子と変わりないはずだ。

『ああ、それで遺伝的に……ですか』

『僕らの両親は離婚していてね、別々に育った。あいつが死んだとき、僕は海外をふらふらしていて……今ほど連絡技術やインターネットも発達していなかったから、死んだのを知ったのもう何年もあとで。あのとき、連絡さえ取れていれば……君のお父さんは死なずに済んだ』

首を微かに傾げた私に、吉田さんは言う。

『僕らは一卵性の双子だ。僕が近くにいればなにか治療の役に立てたかもしれない。そうしたら、君のお父さんは今も……。そう思っていつも後悔していた。だから、せめて君を、あいつの分まで娘として大切にさせてもらえないだろうか』

『そうだったんですね』

お母さんの含みのあった言葉にも、吉田さんがやけに焦った様子なのにも、これで納得がいった。吉田さんは眉間を寄せて口を開く。

『それで……どうなんだ？　本当に病気なんじゃないだろうな』

『あ、っ。ち、違います。その』

『なにか手伝わせてもらえないか？　もし、治療費が気がかりなら……』

必死な様子の彼に、これ以上いらぬ心配をさせてはいけないと、慌てて『そうじゃないんです』と首を横に振った。

『妊娠……していて』

『妊娠？』

吉田さんが目をこれでもかと見開く。私は肩を落としてこれまでの事情をかいつまんで話す。もちろん上宮病院なんかの話は出さずに。

『そうだったのか』

そう低く呟いたあと、吉田さんは険しい顔になる。

『とんでもない男だ。保身のために君を捨てたってことか』

『そ、そうじゃないんです。私、なにも言わずに出てきてしまって……』

心配をかけたくないと微笑んでみせると、吉田さんは痛々しい顔をする。本当に娘のように思われているのだと、胸がじんわり温かくなった。

『それなら余計に僕を頼ってくれ。父親として、娘と孫を守らせてくれないか』

『吉田さん……』

私は深く首を垂れて感謝した。

きっとお母さんが吉田さんを紹介したのは、いざとなれば私が頼れるように……ということだったのだろう。

その後、私は病院に行って妊娠を確認し、このまま京都で出産すると決めた。そして大きなトラブルもなく安定期に入った頃、宏輝さんが婚約したとネットのニュースで目にした。大病院同士の統合も近いと世間の注目を集めているようだった。

身を引いた甲斐があったと、引き裂かれそうな胸の痛みに耐えながらそう思った。

これからも、上宮病院のドクターやスタッフたちはたくさんの人の命を救うだろう。

そう思いつつも、胸が引き裂かれそうになる。

「北園、華月さん」

ニュースに掲載されていた宏輝さんの婚約者の写真。彼女は、とても綺麗な人だった。名前の通り、月を連想させる清楚な顔立ち、さらさらの黒髪、すらりとした肢体は堂々と白衣を羽織っている。

そう、彼女はただのご令嬢じゃない。彼女自身もまた、ドクターなのだ。まだ研修医とのことだけれど、いつかは宏輝さんとふたり日本の医学を引っ張っていく存在になるんじゃないだろうか。海外経験も豊富で、ときおり発展途上国の医療センターなどでボランティアをしているらしい。インタビューからは博愛精神に満ちた人柄が読み取れた。

『医師を目指したきっかけですか？　そうですね、家業のこともあり医学部に進学はしましたし、研修医としてもキャリアをスタートしました。けれど、実はあまり乗り気でなくて……ただ、数年前に事故を目撃したんです。あたしが医者として名乗り出る前に、他のドクターが駆けつけて……実は、それが宏輝さんだったんです。そのときに、なんだか運命を感じたんです。ええもちろん、医師としての……』

もしかして、あの関西旅行で遭遇した事故だろうか？　胸がかきむしられるように痛いのは、それが宏輝さんと北園さんの運命だったように思えたからだ。宏輝さんに憧れて医師としての運命を感じ、そしてその彼の伴侶《はんりょ》となる……。

北園さんは才色兼備、性格も優しく穏やかで、なにより同じドクターだ。宏輝さんの伴侶として、理解者として申し分ない。

輝く宝石のような人だった。瑕《きず》ひとつない、完璧なダイヤモンドのような人。

『宏輝さんは慈しんでくださるので、気がつけば惹《ひ》かれるようになっていたんです。出会いはお見合いでしたけれど、決して政略結婚なんかではないんですよ。早く子どもが欲しいと、婚約を急いだだけなんです』

もしかしたら、北園さんはこれが政略結婚だと本当に気がついていないのかもしれない。親御さんにお見合いをすすめられ、出会っただけだと。

ううん、宏輝さんも彼女に本当に惹かれているのかも。そうじゃなければ『子どもが欲しい』なんて言い出すはずがない。

きっかけはビジネスだったかもしれないけれど、ふたりはとても……お似合いのカップルだった。

最初から、私が彼にふさわしいはずがなかったのだ。

「はは……」

乾いた笑いが漏れ、携帯の画面に涙が落ちた。拭こうと思うのにとてもできない。

ぼたぼたぼたと落ち続ける。

「宏輝さん、宏輝さん……」

名前を呼んで、左手の薬指に頬を寄せた。彼がよくキスをしてくれていた指、ふたつも指輪を贈ってくれた、今はなにも嵌まっていないただの指に。

「幸せになってね」

そう願うので精一杯。

どうかもっといいドクターになって。

そして経営者としていい病院にして、たくさんの人たちを救ってあげてほしい。

お腹の中で、ぽこんと赤ちゃんが動く。

ごめんね、泣くのは今日で最後にするから……。


お腹が大きくなっていくなか、順調に赤ちゃんが育つのをうれしく思うと同時に孤独感が湧いてくる。誰かに……宏輝さんにそばにいてほしいと思う。

「だめ、強くならなきゃ」

お腹を撫でながら呟く。ぐにゃんとお腹の中で赤ちゃんが動いた。

区のプレママ教室に参加すると、何組かは夫婦で参加していてそっと目を逸らした。

不慣れな手つきでお人形の赤ちゃんをベビーバスに入れる旦那さんに、奥さんが微笑みかける。

「本当に毎日お風呂、入れてくれるのー？」

「当たり前だろ、おれの子でもあるんだから」

胸の奥がぎゅっと痛んだ。

この子の父親は、あなたが生まれることさえ知らないのね。

そう思うと切なくてつらくて、こっそりと唇を噛んだ。

私の母子手帳を見た助産師さんが「パパの名前も書いてあげてね」と笑う。

きっとうまく笑えていただろう。

一方で、楽しくうれしいと思うことも増えてきた。

「わあ、かわいい……！」

「茉由里ちゃんに似合うと思ってね」

カフェの常連で、私と同じ年頃のお孫さんがいる年配のお客さんが、ある日プレゼントしてくれたのはかわいらしいマタニティウェアだった。

「いいんでしょうか……こんなに素敵な服、いただいて」

妊娠も後期に入り、お腹がずいぶん目立ってきた。吉田さん……叔父さんはなにくれとなく気を使ってくれているけれど、そう迷惑もかけられない。今のうちに節約もしたいし、大きめの服でごまかしてきたけれど……やっぱりお腹の大きい今しかできない服装にも、ちょっと憧れがあったのだ。

「若い子の趣味なんてわからないから、孫に選んでもらったの。喜んでくれてうれしいわ」

「遠慮なくもらっておきなさい、茉由里さん」

叔父さんにも言われて、ありがたくいただく。袖を通すと胸が高鳴った。

さらにお腹が大きくなると、他のお客様からもなにかとプレゼントをもらうようになってしまった。ベビー服や、ぬいぐるみや、おもちゃなど……。

「みんなかわいくて仕方ないんだよ」

閉店後、私にノンカフェインのコーヒーを淹れてくれながら叔父さんが言う。

「かわいい……？　お腹の赤ちゃんが、ですか？」

そう答えると、ふっと叔父さんが優しく頬を緩めた。

「違う違う。茉由里さんが、だよ」

「私？」

思わず目を丸くしたところで、叔父さんがコーヒーカップをテーブルに置いた。

「ほら、座って。休憩しよう」

カウンターテーブルに並んで座り、叔父さんが淹れてくれたコーヒーに口をつける。

「おいしいです」

「よかった……あのな、茉由里さんはよく人の話を聞くだろう？」

「え？」

きょとんとした私に、叔父さんは柔和に微笑みながら話を続けた。

「ウチのカフェの常連ってさ、観光客を除いたらほとんどが地元のじいさんばあさんだろ？　あの年齢になると、どうしても同じ話を繰り返したり、ひとつの話が長くなったりするじゃないか。本人たちもわかっているけどやってしまうんだね。けど君は嫌な顔ひとつせず、にこにこして話を聞くし、親身になって相談にのってあげたりするだろ」

私は曖昧に首を傾げた。あまりお年寄りと接したことがなかった私には、お客さんたちと世間話をしたりするのが、新鮮で面白かっただけなのだ。

「褒められるようなことは、なにも……」

「そういうところが、お年寄りにかわいがられる所以《ゆえん》なんだよ。人に優しくするっていうのは結構難しい。君はいつも他人優先だ」

そう言って叔父さんは目を細めた。

「でもね、ときには自分にも優しくしてあげていいんだよ、茉由里さん」

「私、わりとそうしている気がします」

「そうかな」

叔父さんはそう言うと大きく笑って、紙袋いっぱいになったプレゼントを私の家まで運んでくれると言って立ち上がった。

夜道を伯父さんと並んで歩きながら、ぽつぽつと話す。

「本当はさ、あの人たちもっと茉由里ちゃんに甘えてほしいんだ。ほとんど本物の孫みたいに思っているようだよ。でもなにしていいかわからなくて、こういうプレゼント攻撃になってしまうんだろうね」

「……ありがたいです」

叔父さんやお客様たちの心遣いに、胸がじんと熱くなる。

空に月がぽかりと浮かんでいる。なんとなく見上げながら、この街に来てよかったと思った。

ひとりじゃないって、こんなに心強い。

そうして月満ちて、元気な男の子を出産した。

「宏輝さんに、そっくり」

思わずそう言って笑ってしまうほど、男の子は……祐希《ゆうき》は、宏輝さんそっくりだった。

ちょうどそのくらいからだった。北園さんがテレビや雑誌に多く露出し始めたのは。

宏輝さんとの婚約のインタビューがきっかけで〝美人すぎる女医〟として注目を集め、コメンテーターやモデルとしても活動を始めたのだった。

薬指に光る大きなダイヤを見て心が痛んだ。彼女が話す宏輝さんとのデートや日常の惚気話《のろけ》に耐えきれず、私はいつしかテレビを見ないようになっていた。

そしてある日、街中で見かけた雑誌の広告に、美樹さんと写っているのを見たとき、ガラガラと世界が崩れていく音を聞いた気分になった。私と、宏輝さんと、美樹さんと過ごした幼少期のきらきらした幸福が、一瞬にして瑕だらけのものに変わる。

ああ、上宮の家に彼女は望まれて嫁ぐのだと。不釣り合いな夢から醒《さ》めるときが来たのだと、そう思った。

「茉由里さん、もう保育園の時間じゃないか？」

叔父さんの声に、コーヒーを淹れていた手を止め慌てて壁掛け時計を見る。一時間ごとにぼん、ぼんと古めかしく音を立てるそれは、じきに午後四時を指そうとしていた。

「あ、本当だ。叔父さんごめんなさい、これ途中なんだけど」

私はギャルソンエプロンを外しながら慌てて叔父さんのほうを見る。

「いいさ」

叔父さんが軽く目を細める。

私は常連のお客さんに頭を下げ、急いでパーカーを羽織ってカフェを飛び出した。

仕事はいつも白系のカットソーに黒のチノパン、それにローカットのスニーカーだから、動きやすいし走りやすい。

仕事中はきっちりとまとめている髪をほどき、ベビーカーを押して向かったのは、哲学の道とは大きな通りを挟んで反対側にある小さな保育園。

「祐希～、お待たせ！」

「ママ！」

保育園の玄関で、もうすぐ一歳半になる祐希がかわいらしく全力で駆け寄ってきてくれる。こんなことをされると、愛おしさで胸が毎回きゅんとしてしまう。

ぎゅうっと抱きしめてから抱き上げ、先生から連絡袋やお着替え袋など一式を受け取ってベビーカーに積んだ。

「今日も祐希くん、元気で頑張ってましたよー」

保育園のクラスの担任、高岸《たかぎし》先生が朗らかな笑顔で言う。三十代手前くらいの、穏やかな男性の先生だ。保育士さんで男性は少し珍しいけれど、きめ細やかな保育と人当たりのよさで、園児からも保護者からもよく慕われていた。

「ありがとうございます。高岸先生がよく見てくださっているからです」

「とんでもない！」

先生は少しオーバーリアクション気味に手を振った。頬が少し赤いのがかわいらしい気がする。こういうところも保護者人気の要因なのだろう。まあもっともいちばんは、すらっと背の高い甘いルックスにあるのかもしれないけれど。

「そういえば松田さん、あれ、ありがとうございました。カボチャのレシピ」

「あ、おいしかったですか？」

高岸先生が頷いて、ホッとする。

少し前の面談のとき、ちょっとした雑談から高岸先生がカボチャ嫌いだと判明したのだ。

『子どもたちに好き嫌いなく、と言っている手前、なんとか克服したいんですけどね』

そう言って困ったように笑う高岸先生に、いくつかおすすめのレシピを教えていた。

「よかったあ」

「他のやつも試してみますね」

そう言って笑いながら祐希にハイタッチをした高岸先生に、ぺこりと頭を下げた。

それからベビーカーに祐希を乗せ、家に向かって歩き出す。

今住んでいるのは、働いているカフェからほど近い、哲学の道からもすぐの古い一軒家だ。叔父さんの知り合いの家らしく、観光地にあるというのに安く貸し出してくれていた。

お墓のすぐ横にあるというのも大きいのかもしれないな……と、カフェ方面へベビーカーを押しながら考えた。

もっとも、京都にはお寺が多いのだから、街中にお墓があるのは当たり前のことなのだけれど。

家のある路地に入ろうとすると、祐希が「アッチ！」と哲学の道を指さす。

「どうしたの？　お散歩したいの？」

祐希は真剣な顔で哲学の道方面をじっと見つめている。

おりしも桜が満開。銀閣寺に近いこともあり、休日であれば夕方でも観光客がひっきりなしに行き交っている界隈《かいわい》だけれど、今日は平日。さらに花冷えしているということもあってか、観光客もぽつりぽつりと散策している程度だ。

「そうだね。お散歩しよっか」

私はベビーカーを押して坂を上り切る。

南禅寺《なんぜんじ》方面に歩き出してすぐ、ぶわりと吹いた風に目を細めた。

満開の桜から花びらが吹き上がり、視界が薄い桜色に染まる。はしゃいだ声をあげた祐希に目を落としてからまた顔を上げると、数歩ほど離れた位置で男性が立ち止まった。

その顔を見て、悲鳴をあげそうになり、すんででこらえる。

何度も目を瞬いた。

会いたいと願いすぎて、幻覚を見ているのじゃないかと思う。

スリーピースの一目で上質とわかるスーツに、仕立てのしっかりしたスプリングコートを羽織ったその男性は微かに唇を緩めた。高い背丈に、整った眉目、丁寧にセットされている髪……。

「宏輝さん」

細く掠れた声だったけれど、しっかり彼の耳に届いていたらしい。彼はさっさと距離を縮めてくると、ベビーカーの前に片膝をつく。

「茉由里に似てほしいと思っていたのに、なんだ、俺そっくりじゃないか」

宏輝さんはそう言って祐希の頬をむにむにとつつく。信じられないほど優しく、甘く蕩けた顔をして、宏輝さんは祐希の小さな手を包む。

「会いたかった、祐希。ごめんな、遅くなって」

祐希はキョトンと宏輝さんを見つめている。

宏輝さんは片膝立ちのまま、私を見上げた。眩しいものでも見るような目をしたあと、微かに唇をわななかせた。

「どうして祐希の名前を」

震える声でなんとかそう口にする。宏輝さんはふっと目を細めた。

「すべて調べ上げた。君たちのことを守るために」

そう言って彼は立ち上がる。

「話がしたい」

「……はい」

この状況で、断る勇気はなかった。宏輝さんは祐希が自分の子どもであると確信しているようだったし、名前まで知られていた。本当にすべて調べ上げているのだろう。

「君の家に行っても？」

すでに知っているのだろう、私と祐希の家の方向に向かって彼は目を向ける。私は返事をしかかって、慌てて首を振った。

宏輝さんは婚約している身なのだ。その上世間の注目も浴びている。ふたりきりで家に入るところをもし知っている人にでも見られれば、スキャンダルになりかねないと思ったのだ。

「あの、私の職場に」

「君の叔父さんのカフェだな」

私はもう驚かない。

すでに北園さんと婚約している宏輝さんが、今さら私になんの用事かはわからない。ただ、彼の中ですでに道筋はできており、私がなにをしたとしてもそれは実行されるだろうことは難くなかった。無駄な抵抗はしないほうがいいだろう。

こっちです、と言う必要もなく彼は私の横に並んで歩き出す。無言だった。

桜並木は夕闇に染まりつつある。

ベビーカーを入り口の前に置き、祐希を抱き上げた。

カフェの扉を開く。すでに看板はcloseになっていた。通い慣れている祐希は、はしゃいで楽しげな声をあげる。叔父さんと遊べると思ったのだろう。

カウンターで閉店作業をしていた叔父さんが「あれ、茉由里さん。忘れものかい」と柔らかく言って、それから目を丸くする。

「……そちらは」

「お世話になっております。祐希の父親です」

宏輝さんの言葉に、叔父さんは無言で頭を下げる。それから私を見て「茉由里さん」と低く言った。

「僕は外へ行っておくから。なにか話でもあるんだろう?」

「あ、ありがとうございます、叔父さん……」

叔父さんがカウンターを出て、ゆっくりと宏輝さんを一瞥《いちべつ》してから外へ出ていく。

その視線の意味がわからない……と思っていると、宏輝さんは苦く笑う。

「俺の娘に苦労かけやがって、という顔だったな」

「え? そ、そんな」

「……実際本当のことだ」

宏輝さんはそう呟いて、私にカウンターの椅子に座るように目で促す。祐希を膝に乗せ、宏輝さんと並んで座った。

祐希がふと暴れる。

「こ、こら祐希！」

なにがしたいのだろう、と思っていると、祐希は私の腕を抜け出して宏輝さんの膝に座ってしまった。

「はは、人懐こいな。なんてかわいいんだ」

宏輝さんが目を細める。

なにも知らない人が見れば、ふたりは幸せな親子でしかないだろう。

私は目線を逸《そ》らして磨き込まれたカウンターテーブルを見下ろす。ざわつく胸中を抑えて、必死で笑顔を作ってから顔を上げた。

「あの、ご婚約おめでとうございます」

宏輝さんが祐希から私に視線を動かした。どこか不穏な空気を感じてどうしたらいいのかわからなくなる。

そもそも、この状況に感情も思考も追いついていないのだ。どうして会いに来たんだろう。すべて調べ上げてまで。

ひとつ確かなことは、宏輝さんにはもう他に大切な人がいるということ。添い遂げると決めた女性がいるということ。

私がいまだに彼を愛していることも、惹かれてやまないことも、彼にとっては迷惑で重荷でしかないはずだった。

「北園さん、素敵な方ですね。メディアでよくお見かけします。才色兼備って、ああいう方のことを言うんでしょうね」

大丈夫だろうか。声は震えていないだろうか。

「結婚したら、お子さんが欲しいと話されていましたね。……あっ、心配しないでください。この子のことを知らせたりだとか、そんな真似はしませんから」

にこにことする私を、宏輝さんはじっと見つめる。眉間が微かに寄ってたじろぐ。

どうしてそんなに不快そうなのだろうか。

「あ、の。お幸せに。どうか幸せになってください」

恋心を必死で抑えつけて言った言葉に、宏輝さんは視線をより険しくする。

怖くなり唇を噛んで俯《うつむ》いた。

ハッとしたように宏輝さんが「すまない」と掠れた声で言った。

「感情が……爆発してしまいそうで、うまく言葉が出てくれなくて」

彼は祐希を私の膝に返したあと、前髪をかきあげて天井を仰ぐ。

「ここまで、俺がどれだけ感情を抑えてきたか……すべて、君を取り戻すためだ」

「……え?」

宏輝さんは深く息を吐いた。肺の空気をすべて吐き尽くすかのような、大きくて長い吐息だった。必死で自分を抑えるかのような。

戸惑って祐希を抱きしめる。祐希はきょとんと私を見上げる。

「……君が言った理由は、どれも的外れだ」

宏輝さんはそう言ってがばりと祐希ごと逞しい腕の中に閉じ込める。祐希が場違いにはしゃいだ声をあげた。突然のことに目を丸くする。

「君を迎えに来たのは、ただ俺自身の幸福のためだ、茉由里」

え、と呆然としている私の後頭部を、大きな手のひらがぐっと引き寄せる。

「君なしの……いや、君たちなしの人生なんて、ありえない。言っただろう、なにがあっても手放さないと」

宏輝さんの声が掠れ、ほんのわずか震えた。きっと普通なら気がつかない、ほんの少しの震え。

呆然と硬直した。

「ようやく君を取り戻せる」

「な、にを」

私は目を見開き、唇をわななかせた。

言っている意味がわからない。宏輝さんは北園さんと婚約している。病院のためだけでなく、幸福な未来を描こうとしている。

私はそんな彼の邪魔になりたくない……！

ばっと片手を突っ張って、彼の腕から抜け出す。切なくてつらい感情が肋骨の奥で暴れまわる。

本当はなにもかも忘れて彼の腕に閉じ込められたい。蕩けるような声で名前を呼ばれ、その温もりにただ甘えていたい。

全身に触手のようにしがみついてくるしつこい感情を断ち切って口を開いた。

「宏輝さん。私はあなたにふさわしくないの」

叫びたくなるのを我慢してできるだけ淡々と伝えることにする。

この感情がバレないように。今も溢れ続けている恋慕が彼に決して伝わらないように。

「私じゃなんの役にも立てない。あなたの病院を支えることのできる潤沢な資産があるわけでも、同じ医師としてあなたを支えられるわけでもない」

ひとつ息を吸って、震えそうな声を叱咤して自分の心臓がズタズタに傷ついていくのを覚えながら笑った。

「北園さんみたいな人が、きっとあなたにふさわしい……」

喉の奥から嗚咽《おえつ》が漏れそうになるのを我慢した。

私はちゃんと笑えているはずだ。

「茉由里、すまない。そんな顔をさせるつもりじゃ」

宏輝さんは掠れた声でそう言って、柔らかく私の頬を撫でる。ひどい傷をさするような仕草だった。慌てて表情を取り繕う。

笑えてない？　そんなはずは。

「っ、宏輝さん。お願い。落ち着いて考えて……」

「茉由里、聞いてくれ」

あまりに切実な声に、つい口を閉じてしまった。宏輝さんは優しげに微笑む。

「茉由里。あまり俺をみくびらないでくれ。俺は政略結婚なんかしなくても全部解決してみせる」

堂々とした、自信たっぷりの言葉に目を丸くした。

「そんな……で、でも悠長に提携話を進める余裕はないんだって、早織さんが……」

「問題ない」

宏輝さんは言い切って肩をすくめた。

「ああそれから――さっきの言葉は撤回する」

「撤回？」

「解決してみせる、という言葉だ」

宏輝さんは飄々と言い放った。

「すでに解決してあるから」

「……え？　こ、婚約は？」

「北園華月とのことを言っているのなら、白紙になった。というよりはそもそも俺は婚約に同意なんかしていない。必要に迫られて、表面上その振りだけはしていたが」

私は目を丸くしてその言葉を聞く。

一体どういうこと？

「迎えに来るのが遅くなってすまなかった、茉由里」

宏輝さんが私の頬を撫でた。

「君たちを守るためだった」

「一体、どういう……ん……!?」

突然に唇が塞《ふさ》がれて目を丸くした。

重なる唇に、なまなましく彼の体温を感じる。

抵抗しなくてはと思うのに、ときめきすぎて身体が動かない。

頭の奥がじんと痺れた瞬間、ぬるりと彼の少し分厚い舌が口内に入り込んでくる。

かつて、こんなふうに貪られていたことがあった。記憶がまざまざと蘇り、貪られる予感に思わず身体を揺らした瞬間、彼は私の口内から出ていく。

「しまった、子どもの前でするようなキスじゃなかったな」

宏輝さんが綽々《しゃくしゃく》な感じで目を細め、私の口もとにキスを落とした。私は祐希を抱きしめて彼を睨む。

私たちは、もうこんなキスをしていい関係じゃない……！

「そうだな、続きはまたあとで」

そう呟くように言って宏輝さんは祐希の頭を優しく撫でた。

【二章】 最愛 side宏輝

会いたいと希《ねが》い続けた最愛が、俺とそっくりの子どもを抱いて悲しい顔をしている。

指の腹で頬を撫でた。

少し、やつれた。そう思う。苦労をかけてしまった。

再会した瞬間を思い返す。

一面の桜色の靄《もや》のなか、吸い込まれるような黒曜石の瞳を丸くして、茉由里が呆然と俺を見ていた。

春の夕風にぬばたまの黒髪が揺れる。陶磁器のような肌がさらに白く見えた。唇だけが鮮やかな珊瑚色。その唇がわななき、俺の名前を紡いだ瞬間の幸福を、茉由里は想像もできないだろう。

どれだけ俺が待ち望んだ瞬間だったのか。

「茉由里。君を――君たちを守る環境がようやく整った。一緒に東京に帰ろう」

茉由里は困惑しきった顔つきで俺をただ見つめている。

さて、どこから説明したらいいのだろう。

◇◇◇

アメリカで開催された循環器医学会、そして向こうの大学で行われた合同研修から二週間ぶりに帰国した日のこと。

新しく得る知識に夢中になりかなり刺激を得られたこともあり、俺は少し高揚した気分で駅から自宅への道を歩いていた。

引きずるトランクには、たっぷりの茉由里への土産が詰まっている。

喜んでくれるだろうか？

笑顔の茉由里を思い浮かべつつ夜の街を急ぎ、マンションにたどりつく。エントランスに鍵で入り、エレベーターのボタンを押した。

部屋に入ると、人の気配がない。電気もつけられていない。

俺は眉をひそめ廊下を歩く。

『茉由里？』

実家に帰るなんて言っていたか？　それとも美樹にでも連れ出されたか。美樹は茉由里が好きだからなあ、と肩をすくめた。

リビングの照明をつけると、テーブルに封筒が一通置いてあった。嫌な予感に眉を寄せ、掴み取って中身を確認する。茉由里の字だった。

『……他に好きな人ができた、か』

俺はふっと片頬を上げた。どうして茉由里はこんな嘘を俺が信じるなんて思ったのだろう。少し俺のことをみくびりすぎだ。

各所に連絡を取り、日付が変わる前に原因は突き止めた。

有り体に言えば、詐欺だった。

父親が療養中、理事として経営にあたっていた早織さんを騙《だま》したのは、医療法人乗っ取りを専門とする詐欺集団だ。昭和の終わりから平成の初めにかけて関西を中心に大規模に活動していた詐欺団体がいくつかある。摘発や法規制を機に下火になったものの、現在も反社会的団体をバックとした医療法人を隠れ蓑《みの》に活動を続けていると は聞いていた。

……まわりくどい言い方はよそう。反社会的勢力とはつまりヤクザのことだし、隠れ蓑としているのは医療法人北園会病院グループのことだ。噂だけで確信はなかったが、今回のことではっきりした。

北園会病院は、昭和の中頃から、全国の病院を乗っ取りながら急成長してきた。理事兼院長のワンマン経営は医療関係者の間では有名で、現在は二代目。次期総帥をめぐる身内での骨肉の争いは、ときおり面白おかしく週刊誌などでも報道されていた。

『まさか、ウチが狙われるとは……』

上宮に入った経営コンサルタントは、早織さんの実家である旧財閥の投資会社から引き抜いてきたと聞いていた。

つまり最初から上宮を手に入れるため、投資会社へも潜り込んでいたのだ。

一体いつから計画されていたものなのか。おそらくは父親が療養に入り監視が手薄になったのをいいことに、早織さんにあることないこと吹き込んだのだろう。

そうして茉由里に身を引かせ、華月との政略結婚をもちかけた。

北園華月は次期総帥候補のひとりだ。現在の総帥である北園院長の孫娘ということになっているが、実際は愛人に産ませた娘。

容姿端麗で頭脳も優秀、医学面でもめきめきと頭角を現す華月を、北園院長はことの他溺愛していると小耳に挟んだこともある。愛娘を総帥候補レースで有利にさせるために、俺と政略結婚させることにしたのだろう。

奥歯を噛むと、少し頭痛がした。眉間を揉《も》む。

『土地の利権が絡むのか』

おそらくそれに関しても詐取されたものだろうと思う。詳しく調べてみなければ、今の段階では動きようがない。

とにかく、今は茉由里の行方が最優先だ。

もし、彼女の身になにかあったら……。

ゾッとして、その考えを頭から追い出す。おそらく騙されて、どこかに身を隠したのだろうとは思うが。

車を走らせ久しぶりに帰る実家は、まだ煌々《こうこう》と明かりが灯っている。

『あら、宏輝おぼっちゃま。おかえりなさいませ』

幼少期から親しくしている家政婦の川尻《かわじり》がにこやかに玄関で微笑む。

明治時代に造られたという無駄に広い屋敷は、何度かのリフォームを経てはいるものの、どこか厳めしく時代的なところは変わらない。

『どうされたんです、こんなに遅くに。あまりお仕事一辺倒だと、茉由里ちゃんに愛想を尽かされてしまいますよ』

『川尻、早織さんは』

『奥様なら応接室に……北園会のご令嬢がいらしていて』

こんな時間になにかしら、と川尻は小首を傾げている。俺はそっと笑った。

そうか、元凶が揃《そろ》ってくれているか。手間が省けてちょうどいい。

俺は頷き、磨かれた廊下を歩き出す。

母屋の西側、応接室のドアをノックもせずに開いた。

ソファでコーヒーを飲んでいた早織さんがこちらに目を向けた。応接セットの向かいには俺と同じ年頃の女が座っている。彼女もまたこちらに目を向け、無感情な瞳のままじっと俺を見つめる。俺はすっと目を眇《すが》めた。

早織さんは目を逸らし、北園は驚いた顔をしたあと頬を緩める。嫌な笑い方だった。

『どうしたんです宏輝さん、こんな時間に？』

『早織さん。茉由里はどこです』

『知らないわ』

考えるそぶりを見せることもなく、彼女は言う。おそらく俺に詰められることくらいは想定内だったのだろう。

『下手な芝居は結構。単刀直入にお話ししましょう』

俺の言葉に早織さんは微かに眉を上げ、それから諦めたようにソファから立ち上がった。

『すべて承知なら話が早いわ。こちら、北園華月さん。研修医をしてらっしゃる』

『で、あなたが俺と結婚させようとしている相手？』

『……その通りよ。華月さん』

北園が立ち上がり、優雅な仕草で俺に頭を下げる。

『こんばんは、宏輝さん。お会いできてうれしいわ』

『お願い、宏輝さん。これですべてがうまくいくの。茉由里さんのことは諦めて。彼女は納得してくれたわ。病院の存続には変えられないもの』

俺はため息をつき『話にならない』と呟いた。

『あなたたちの勝手な論理で婚約者が失踪したこちらの身にもなってみろ』

つい苛立ちとともに口をついた言葉に、北園がきょとんとして微笑んだ。

『宏輝さん。ここにいますよ』

『は？』

『婚約者はあたし。どこにも失踪したりなんかしていません』

俺は眉を寄せる。北園華月はふふふっと笑った。カンに触る笑い方だった。

『俺は未来永劫、あなたをそんな扱いにする気はありません』

俺はばしりと言い捨てる。

『早織さん、いいですか。あなたは騙されている』

『なにを言っているの、宏輝さん！　あたしは一生懸命やってきたわ。上宮病院を存続させるため、打てる手はすべて……』

『少し黙っていてもらえませんか』

生さぬ仲であるとはいえ、母親である早織さんに対しこんな口をきいたことはなかった。茉由里に敵対的ではなかったからだ。むしろ素直な茉由里を気に入っているそぶりさえ見せていたから。

『あなたは経営に関しては素人でしかない』

『そうよ、素人。でもそれを補うために……』

『あなたが連れてきたコンサルタントは詐欺師で、北園会との提携だって罠《わな》だ。最初からウチを手に入れるため北園会が仕組んだんです』

『……え？』

早織さんが呆然と北園華月を見た。北園はふっと笑って足を組む。

ここまできて、ごまかす気はないらしい。早織さんが目に見えて狼狽した。

『う、嘘よ』

『いいですか、ここからは手を出すな口を出すな、病院のことも土地のことも俺に任せて、そして二度と茉由里の前に顔を出さないでくれ』

俺が言い切ると、早織さんはやや顔色を悪くしながら首を振る。

「嘘、嘘よ。なにを言っているの？　北園会さんは、ウチの病院を助けるために……」

俺は軽く眉を上げた。ことここに至ってもなお、自分が騙されていたと認めたくないらしい。

典型的な詐欺被害者の心理だった。

さらに説明を続けようとしたが、はっきりした物証がない今、それを口に出すのはややリスクがあると判断し、矛先を北園に変える。早織さんへの説得は、あとで証拠が出そろってからでもじゅうぶんだ。

『というわけで、北園さん。あなたとの婚約は白紙です。お帰りはあちら』

俺が応接室の扉を指し示すと、北園は優雅な態度を崩すことなく唇を上げた。

『……いいのですか？』

『なにがです？　俺は今から婚約者を探しに行かないといけないので、手早くお願いできますか』

顧問の弁護士事務所が提携している興信所にはすでに調査を始めさせてはいたものの、まだ芳《かんば》しい報告は上がっていない。苛つき始めている俺に北園は首を傾げる。

『ずっと茉由里さんを守れるのか、って話なんですけど』

『守るに決まってる。なにが言いたい』

『人間って、生きていたら病院にかかることってありますよね、当たり前に。でもスタッフだって人間だわ。事故が起きることもある』

北園はあくまで優雅に振る舞いながら続けた。

『結婚したら、いつかお子さんが欲しいのかしら？　母子ともに健康で退院できるといいですよね』

背中が粟立つ。

『ウチの息がかかっているスタッフを、たとえば茉由里さんが出産するクリニックに紛れ込ませることくらい、簡単なんですよ。か～んたん。たとえ上宮病院の系列であろうともね』

『北園……っ』

『うちで顧問をしてくださっている方々もね？』

暗にヤクザの存在を仄《ほの》めかしてから北園は続ける。

『法整備だ摘発だでずいぶんおとなしくなったと思われてはいますけれど、まだまだ考え方が昔気質な、武闘派の方も中にはいらっしゃるの。茉由里さんの存在が邪魔なのならば……』

最後まで言わせず、反射的に近くの壁を殴る。息が荒いのを自覚した。視界が怒りで赤い。

遠まわしな言い方だが、はっきりと言われているに等しい。この話を受けなければ、茉由里の身になにが起きるかわからない、と……。

『あらどうされたの』

北園がゾッとするような微笑みを向ける。

『怖ぁい顔して』

クスクスと肩を揺らす北園を睨みつける。

『……婚約者を人質にされて穏やかでいられるものか』

『あらやだ、人聞きの悪い』

怒りで視界が赤いままだ。理性が壊れかけている。こんなことは生まれて初めてだった。

『一体、なにが目的だ？　総裁選を有利に進めるためか』

『その通り。ただ、あなたと結婚するだけの話じゃない。あたしが……いいえ、北園会が欲しいのは優秀な子どもよ、宏輝さん』

言葉を失う。子ども？

北園はさらりと髪をかきあげて言った。

『あたしは北園病院の……いえ、北園会グループの跡取り候補。優秀な医者となる子どもを産まなくてはならないの。つまり優秀な伴侶が必要……容姿も頭脳もね。あなたはその条件に、ものすごくぴったりだわ』

そう言って彼女は微笑んだ。

『あたしもまた、あなたと茉由里さんを守りたいだけってこと、わかってくださらないかしら？』

『最悪。けど、脅迫で訴えたところで有耶無耶になって揉み消されるのが関の山ってところね』

イライラを隠しもせず、双子の姉の美樹が言う。茉由里がいないマンションで、苛立ち紛れに美樹は勝手に冷蔵庫を開き、ビールを取り出してそのましゃがみ込む。

『美樹。どうした』

『……っ、茉由里がどんな思いでここ出ていったかって、そう思って』

冷蔵庫を覗いて唇を噛む。揃えられた食材は、俺の好きなものばかり。帰国したばかりの俺に振る舞うつもりで買い揃えていたのだろう。

黙って冷蔵庫を閉める。その音が空虚に響いた。

『今、茉由里、どこに？』

『わからない。松田先生にも聞いているのだけれど、はぐらかされて終わった』

ただあの様子ならば、茉由里の身に危機が迫っているだとか、そんな様子ではなさそうだ。そこには安心したものの……。

興信所の職員も手をこまねいているようだった。東京の近辺にいるのか、それとも地方にいるのか……せめてそれだけでもわかれば。

『ねえ、どうにかできないの？　茉由里のこと、迎えに行きなさいよ……さっさと。それともあんな話、間に受けてるの？　ヤクザが茉由里を狙うって』

俺は手のひらを握りしめる。

『正直、怖い。茉由里になにかあったら、俺は……』

『いくらなんでも実行はしないわ。リスクが大きすぎる』

俺は少し悩んだあとに、美樹に北園会病院に関する例の噂を伝えた。医療関係者の間でひっそりと囁かれている、まことしやかな噂話。

『……まさか。嘘でしょう？　北園会がヤクザと繋がっているだなんて、そんな真実だと思う。今回のことで確信に変わった』

『ということは、早織さんは最初から北園会の手の平の上だったってことね』

そう言ったきり、美樹は絶句した。

ヤクザがバックにいること、それから先ほどの様子を思い返すに、北園華月は医師でありながら人の命を患者も含めてさほど重要視していない。茉由里のことを心配するようなことを言ってはいたが、あれも口だけだろう。

『茉由里のことを抜きにしても、俺は北園華月を……北園会病院を許せない』

美樹はじっと眉を寄せ考え込んでいる。確かにショッキングな事実だろう。人の生命を救うための病院という施設が、裏でヤクザのシノギのひとつにされている。

『……早織さんがあの蛇《へび》のような女に目をつけられたのがまずかったな』

『あの人、生粋《きっすい》のお嬢様だから。理事長代理なんて任せるべきじゃなかったのよ、ひどい世間知らずなのよ。切符の買い方すら知らないのに』

世間知らず、か。

『……それは俺も同じだ』

小さく呟き、決意する。

茉由里を取り戻すのに必要なのは、政治力だ。そして北園華月から……いや、北園会から牙を抜き首を獲る。それくらいしなければ。

『あの女、いつからあんたを種馬として目をつけていたわけ？』

『さあな』

吐き捨てるように答えた。種馬か。その通りだと思った。

『そもそもヤクザと繋がっているというのが真実ならば、最初からウチ、というか上宮病院を手に入れるのが目的だったんでしょ？』

『そうだ』

上宮病院の売上は、都内では赤十字、国立病院に次ぐ。一兆円近い売上、数十億の収益を狙う輩《やから》がいたとしてもおかしくない。

『なんにせよ虎視《こし》眈々《たんたん》とチャンスを窺っていて、遅かれ早かれ動く予定だったんだろう。早織さんの実家にコンサルタントとして潜り込ませていたくらいだ』

『今さらだけど……どうして気がつかなかったの宏輝。院内に北園会の息がかかってる役員や社員が増えていたこと』

医療法人でいう社員は、いわば株主のことだ。経営の決定権を持つのは理事だけではない。社員もまた、投票権を持っている。

『……慢心していたんだ』

『慢心？　あなたらしくない』

美樹の言葉にふっと自嘲気味に笑った。医師として
『医師としてのキャリアが順調なこと、茉由里との関係もうまくいっていた。医師として立派な男になって、茉由里を守っていければいいと、そう思っていたんだ』

昨日まであったはずの、続いていくはずだった茉由里との蜜月……。

美樹がいたわしそうに眉を寄せた。俺は懺悔《ざんげ》するように続ける。

『忖度されたくない、という理由で研修先を上宮の影響力が少ない病院にしたことも、上宮病院内で北園会の息がかかった人間が増えていたことに気がつけなかった要因だ』

『その通りね。でもあなたひとりのせいにするつもりはないよ。今までずっと、それこそ子どもの頃からあなたにすべて押しつけて好き勝手してきたあたしだって……』

美樹ははあ、と大きく嘆息しながら髪をかきあげた。

『結局、あたしたち子どもだったんだよね』

『……そうだな』

一人前になったつもりだった。だから茉由里に求婚した。けれど現実はどうだ?

愛する女ひとり守れず、無力感に打ちひしがれる。

茉由里に会いたい。けれど、やはり今茉由里を呼び戻すのは、彼女にとっていいことだとは思えなかった。

強くならなくては。誰よりも、強く。

愛おしい人たちを守れるくらいに。

『……万が一のことを考えれば、茉由里と少し離れていたほうが危害を与えられる可能性は低い。俺を種馬にしたい以上、そのくらいの約束は守るはずだ』

そうね、と美樹は頷く。

『できることはなんでもしましょう。とりあえず茉由里を見つけなくては』

けれど、いつまでも彼女の行方は掴めなかった。

まるで最初から幻だったかのように……。


正式に婚約を了承したつもりはないのに、北園は勝手に婚約を公表した。胸くそ悪いインタビューまで受けて。俺から真実を知った早織さんが青い顔をして右往左往していたけれど、視界に入れないようにした。

この人だって巻き込まれただけだ。ヤクザに騙された被害者だ。わかってはいるのに苛ついた。

動向を調べるために婚約を受け入れたふりをしたし、美樹もそのために北園に近づいてみたが、飄々とかわされるばかりだった。

早織さんには理事代理から外れてもらうことになり、同時にまだ療養中ではあるものの、父親が経営に復帰した。そのおかげで北園会の影響力が弱まったのを足がかりに北園会によるさまざまな不正の証拠を掴むことができた。まだ本筋、バックにいる組織の尻尾は掴めていないものの、早織さんを騙していたコンサルタントを名乗る詐欺師数名も、上宮病院の賃借契約書の不正に関わっていたとして逮捕に至った。ただ、警察の捜査をもってしても北園会との関係の証拠までは掴めなかったようだった。

結果として、提携を阻止することができたのは、茉由里が失踪して一年半が経った頃だった。資金面も目途がつき、土地の賃借契約書も裁判を経て無効となった。楽々とウチを手に入れるつもりだった北園側としては、歯噛みしたい気分だっただろうが。

こうなった以上、北園と婚約する必要もなくなった。

ただ、まだ手が出せていない領域がある。おそらくそれが北園会のウィークポイントであり、北園華月を失墜させる唯一の鍵だ。

しかし、まずやるべきことは最愛を迎えに行くことだ。

ようやく茉由里の居場所が知れたのだ。失踪から二年近くが経ち、油断したのだろう、松田先生が連休に京都に向かったと報告が入った。

京都は旅先に選んでなにもおかしくない土地だ。ただ念のため興信所の職員に尾行させたところ、茉由里と合流したと連絡が来たのだ。彼女が一歳くらいの男の子を連れていたと聞いた瞬間の情動の奔流を、俺はうまく言い表すことができない。

茉由里が俺の子を産んでいた。育ててくれていた。

胸がつかれた。愛おしさと後悔と苦しさと切なさと感謝がぐちゃぐちゃになって瞳から涙がぼたぼたこぼれた。

どれだけ苦労をかけただろう、ひとりで耐えさせたのだろう。

俺はふらふらとソファに横たわる。頭がふらついた。

もうずいぶん長いこと、うまく眠れていなかった。茉由里が出ていってから、ずっと……。酒で睡眠をごまかす毎日に、ようやく光明が差していた。

北園華月に直接会い、条件を突きつける。

『こうして提携話が立ち消えになった以上、君との婚姻は不要だ。最初からそんなものしたつもりはなかったが』

『あなたって案外野蛮なのね。ほとんど恫喝《どうかつ》に近かったじゃないの』

『……どの口が』

ヤクザと関わっているような人間に言われたくはなかった。

ふっと微笑む北園に俺は続ける。

『次に茉由里に接触したときは北園会の不正を公表する』

『それは困っちゃうわね』

肩をすくめつつも、北園がそう了承した。

これでようやく、茉由里を迎えに行ける。

長かった、と呟いた。

北園は『諦めないわ』と冷たく笑う。

『どうしてもあなたの遺伝子が欲しい。あなたでないといけないの』

『やらん』

すぐさまの返答に北園は愉しげに肩を揺らした。その目は変わらぬ蛇のような暗い光を帯びていて、執念深さを感じた。

やはり、確実に首を取らなくては。

◇◇◇

そんな話を茉由里にしたところで、茉由里としてはいい迷惑だろう。言い訳と取られてしまうかもしれない。ヤクザに……北園華月に狙われていたなんて話も避けたい。今さら怖がらせる必要もないだろう。

とはいえ説明しないわけにもいかず、かいつまんで話をする。

「……つまり、提携をめぐるゴタゴタに……結局そんなものなくなったとはいえ、巻き込まれた形だ。本当にすまなかった」

茉由里はコーヒーの香り漂う店内で、いつのまにか眠ってしまった宏輝を抱いて俺の話を聞いている。そうしてしばらく黙考してから顔を上げ、きっぱりとした顔で言う。

「やっぱり、私、東京には戻りません」

「茉由里？」

「この子には……祐希には、そんなもの背負ってほしくないんです。自分の人生を生きてほしい」

「祐希に医者になるのを強要するつもりはない。好きに生きてくれて構わない」

「あなたになくとも、上宮の家がそれを許さないでしょう？」

茉由里は祐希の髪をさらさらと撫でる。

彼女の顔は、すっかり母親のものになっていた。俺がひとり躍起になっている間に、茉由里は親になっていた。

ぞわりと嫌な予感で首筋が寒い。

俺は欲張ってすべてを守ろうとして、結果的にいちばん大切なものを失う選択をしたんじゃないのか？

指先が震えた。

頭のどこかで、甘く考えていたんじゃないのか？　俺が迎えに来たら、茉由里はなんの不安も迷いもなく俺の胸に飛び込んできてくれると？

そんな保証はどこにもなかったのに。

さっきから茉由里が話す、堅い敬語が嫌だった。どうか普通に話してほしかった。

太い一線を引かれているかのような、そんな気がした。

「私にとっては祐希がいちばん大切なんです。この子の幸せのためなら他のすべてを捨てられる」

そう言って息を吸う。

「あ、あなたさえも」

微かに震える語尾に、それが嘘だとわかる。けれど決意はきっと本物だろう。

「俺は……！」

言葉が続かない。俺は、俺は……ただ君たちを守りたかった。それだけなんだ……。

たったそれだけのことなのに。

本来ならば、失うことのなかった未来だ。

悔しくて唇を噛む。茉由里が痛々しそうなものを見る目をしてそっとその細い指を伸ばし、俺の唇を撫でた。

温かい。

「噛まないで」

俺はその指先にキスをする。茉由里が手を引いたタイミングで、扉が軋《きし》む。

「そのくらいにしてあげなさい」

茉由里の叔父が扉を開き入ってきた。調査の際に、茉由里の父親と双子の兄弟だと知ったときは驚いたが、目もとが確かに茉由里とそっくりだ。

「叔父さん」

「すまないね、聞き耳をたてるつもりはなかったのだけれど」

茉由里は目線を泳がせ、微かに俯いた。腕の中で眠る祐希が「んー」と身じろぐ。

「上宮さん……といったかな」

俺は立ち上がり頷く。彼はふうと息を吐くと口を開いた。

「茉由里さんもすぐには納得できないと思う。茉由里さんにとって今いちばん大切なのは……祐希が健やかに育つこと、ただそれだけだから」

「……はい」

「けれど、とりあえず」

茉由里の叔父は、少しぎこちなく微笑んだ。

「まずは家族の時間を作ってみてはどうだろうか？」

茉由里の家は哲学の道近く、少し入り組んだ路地の中にあった。古い京都の町屋跡にあるせいか、長細い造りのいわゆる〝鰻《うなぎ》の寝床〟のような家だ。

「どうぞ」

上がってみれば、古き良き日本住宅といった風情だった。どこか雰囲気が、俺と茉由里が育った離れに似ている。小さな庭があり、大きな桜の木が植えられていた。

「この家より古いんですって」

茉由里が俺の横に立ち、呟くように言った。

「ごめんなさい、話より先に祐希をお風呂に入れなきゃいけないんです。明日も保育園だから……さっきちょっと寝ちゃったから、寝るのは遅くなるかもだけど」

「わかった。なにか手伝うことは」

「……タオルで拭いてあげてもらえますか」

洗面所のバスタオルの位置を教えられ、俺は頷く。

風呂釜自体は新しいが、ちらりと見えた洗い場はレトロなタイル張りのものだ。冬場なんかは冷えるんじゃないだろうか。

茉由里たちが風呂に入っている間落ち着かず、廊下をうろうろと歩く。しんと花冷えする夜だ。

それにしても、どう説得するべきか。一秒でも早く会いたくて、新居を整え次第来てしまったけれど……。

「宏輝さん、お願いします」

風呂からの声に慌てて洗面所へ向かう。バスタオルを巻いた茉由里が、祐希の頭を拭いていた。

白い肌にドキリとする。

どぎまぎしつつタオルを受け取り、祐希を拭き上げると、祐希は不思議そうな顔で俺を見つめている。

うまく拭ききらないうちに祐希はよちよちと歩き出す。報告によれば十ヶ月で歩き始めたとのことだから、早いほうだ。

数歩進んで床に座り遊びだしたから抱き上げてリビングに運び、きっちりと拭き上げる。俺のことが珍しいのだろう、どんぐりまなこでじっと見つめてくるのがなんともかわいらしい。幼児に触れるのなんか、研修医時代にローテーションで小児科に行ったとき以来だ。

ソファの上に用意してあった保湿剤を全身に塗り、おむつを履かせてパジャマを着せた。祐希はじっと俺を見つめたまま、素直にされるがままだ。ソファに座らせ、その前のラグにあぐらをかいた。

目の前に俺とそっくりの存在がいる。愛おしくて愛くるしくて、泣きそうになった。

「うー、ぱ」

祐希がそう言って小さな手で俺の頬を叩く。かわいすぎてされるがままでいると、どんどん力が強くなっていく。

「う、祐希。そろそろパパを叩くのやめようか……」

「仲良いですね」

降ってきた声に振り向くと、パジャマ姿の茉由里がいた。艶やかな黒髪はまだ濡れており、肩にタオルがかかっている。

「普段、お風呂上がりはすごく暴れるのに」

茉由里は少し不服そうだった。

「なんだか宏輝さんの前では素直」

「素直なんじゃなくて、警戒しているんだろう。そもそも哺乳類全般にその傾向はあるようだし」

「その傾向？」

「母親の前ではわがままになるってことだ――母親というか、主たる保育者」

「ああ」

茉由里は納得したように微笑み、祐希の頬を優しくつつく。

「……詳しいですね。小児科を選んだんですか？」

「いや、外科だ。心臓血管」

「ああ、希望していましたもんね」

覚えていてくれたのか、と胸が温かくなる。

「じゃあ忙しいんだ……って、何科でも忙しいか、お医者さんなんて」

「そうだな……ただ、極力、これから祐希の風呂上がりは俺が担当しようか」

さりげなく言ったつもりだったけれど、茉由里は眉を上げて微かに苛立ちを表す。

「しなくて構いません。私は祐希を上宮の跡取りにするつもりはないから」

「……約束する。祐希に決して無理強いはしない。プレッシャーも上宮の期待も背負わなくていい環境を必ず作る」

「……信じられません」

茉由里の声に、彼女からの信頼はもう残っていないのだと心が重くなる。俺は茉由里の手を取った。

「宏輝さん、離して」

「嫌だ。茉由里、覚悟していてくれ。必ずまた君に愛してもらえるよう、全力で口説くから」

「そんな日は来ません。もう私、あなたを愛していないの」

ふっと笑って茉由里の顔を覗き込む。睨まれたけれど構わず頬に口づけた。

「俺は君を愛してる。ずっと君だけを」

茉由里が目を逸らす。白い肌にさっと朱色がはいたのを俺は見逃さない。

ふと、ソファに座っていた祐希がはっきりとした口調で言った。

「ぱぱ」

ばっ、とふたりして祐希を見つめた。祐希はじっと俺を見たまま「ぱぱ」と繰り返す。

茉由里は目を見開き、さっと顔色を悪くする。それから祐希を抱き上げた。

「もうねんねしなきゃ祐希、ね」

「待ってくれ茉由里。祐希に……教えてたんじゃないか。写真を見せて、これが父親だって」

俺が父親だって、パパだって。

茉由里は祐希を抱きしめてぶんぶんと首を振る。

「してない。そんなこと……してたとしても、もうしない。あなたをパパだなんて……父親だなんて……」

茉由里はすとんと床に座り、ぎゅうっと祐希を抱きしめ直す。

「苦しくても、悲しくても、ひとりで育てると決めたの。強くなると決めたの」

「俺にも背負わせてくれ、お願いだ。ずっと会いたかった、苦しかった、君のそばにいたかった」

「じゃあなんで……なんで迎えに来てくれなかったの」

絞り出すような細い声に、ずっと耐えてきた茉由里のこれが本心なのだと理解できた。

俺のために、病院のため患者の命のために身を引いた茉由里。ずっと自分自身さえ騙してきたのかもしれない。これが最善だ、こうする他ないのだと——。

「悪かった、俺が悪かった。全部俺が」

甘かった。弱かった。馬鹿だった。

ぽろぽろと茉由里の両目から涙が溢れてゆく。綺麗な涙だった。

泣きながら茉由里は首を横に振った。

「違う……今のは、忘れてください。迎えに来てなんて、思ってませんでした」

「無理だ。茉由里、愛してる。誰よりも」

「だめなんです。私じゃ……」

「君でなきゃだめだ」

茉由里が唇を噛む。

「今回のことが解決したからって、私があなたの役に立てる人間になれたわけじゃない……そうでしょう？　また似たようなことが起きたとき、あなたが後悔するのを見たくはないの」

「するわけがない」

「だとしても、私が私を許せないんです」

泣き崩れる茉由里をぽかんと祐希は見て、「まー？　よしよし」と首を傾げて頭を撫でる。茉由里は顔を上げて「祐希」と切ない声で呟き、また泣いた。

俺は祐希ごと茉由里を抱きしめる。

「さっきも言っただろう。みくびらないでくれって。ようやく君を守れる男になったから——……結婚してくれないか？」

茉由里はそれでも首を横に振る。信頼されていない俺が心底情けないけれど。

「ならせめて……東京に戻ってきてほしい。祐希をゴタゴタに巻き込みたくないのなら、なおさら」

「……どういう」

ハッと茉由里が顔を上げる。潤んだ瞳の奥に、母親としての強さが滲《にじ》む。ぐっと胸が詰まった。

「北園は普通じゃない。君たちを狙ってなにをしてくるか、正直想像がつかない」

「え？」

「北園が俺と結婚したがっていたのは、彼女が後継者レースで有利になるためだった。そしておそらく、あの女はまだ俺を諦めていない」

北園華月の蛇のような目を思い出す。

「……そんな、たかが……と言っていいのかわからないですけど、後継者争い？　そんなことで人を狙うだなんて」

「その『たかが』に数十億の金が絡んでる。人間、欲に支配されるとどれだけクレバーな人間でも簡単に転ぶことがある」

医師としての倫理観すら打ち壊してしまうことも。

茉由里はじっと俺を見つめたあと、ゆっくりと眉を寄せて呟いた。

「考えさせてください」

茉由里が祐希を抱き上げ、寝室のドアを閉める。

俺はジャケットを脱ぎソファに座る。じっと天井を見つめているうちに眠っていたらしい。優しい指の体温にぱっと目を開くと、茉由里が毛布をかけてくれているところだった。

「ご、ごめんね。起こした」

「いや」

答えながら彼女を腕に閉じ込める。

慌てたせいか、敬語を忘れている。

たったそれだけのことが、涙が出るほどにうれしい。

「茉由里」

「な、なに」

声は硬いのに俺の腕から出ていこうとはしていない。ホッとして抱き上げ、膝に乗せて頬を包んだ。

「愛してる。かわいい……やっと会えた。やっと」

何度もキスを落とす。額に、頬に、こめかみに、目もとに顎に、そして唇に。わななく唇がおずおずと開き、歓喜に心臓を高鳴らせながら、愛する人と舌を絡める。そっと耳を撫でた。かわいい耳だ。びくっと茉由里は肩を揺らし、俺の肩を手で押す。

「だめ……」

「そうだな。ふたりめは祐希が俺に慣れてからで遅くない」

「そ、そうじゃなくて」

茉由里は泣きそうな顔で俺を睨む。

「そんな顔をしても無駄だ、茉由里。どれだけ抵抗されようと、俺が君たちを連れ帰るのは確定しているんだから」

茉由里の瞳が揺れる。俺は唇を上げた。

ああ、まったく……わかっていないんだな。俺がどれだけ君を愛しているのかを。

執着しているのかを。

俺は彼女をソファに押し倒す。

『こーきくん？』

舌足らずのあどけない声が俺を呼んだあの瞬間から、俺は君しか欲しくないんだよ、

茉由里。

【三章】　ふさわしさ　side茉由里

宏輝さんに大切にされているのはわかっている。そうじゃなきゃ、わざわざ迎えに来てくれたりしない。

彼の言葉に嘘がないのも。この二年の間に彼に起きたさまざまなことでどれだけ苦労したのかも、どんな思いで私たちを迎えに来てくれたのかも。

すべてを教えてくれたわけではないだろうけれど、それでもどれだけ彼がつらかったのかはその口調から理解できた。唇を噛む宏輝さんなんて、初めて見た。

でも受け入れることはできない。

だって、そうしたら二度と彼から離れられない。

彼と離れた二年間で身に染みたのは、やっぱり宏輝さんと私では住む世界が違いすぎるということだ。

彼に私はふさわしくない。

きっとこれからも、私が……つまり、なんの後ろ盾もない女が妻であることは彼にとって弱点であり続けるはずだ。

彼に釣り合うのは、それこそ北園さんみたいな女性だろう。美樹さんだって歓迎しているようだったのだし、彼は立場があるのだから自分の感情だけで結婚を決めていいはずがない。

彼がただのお医者様であったなら、私に足りないところがあったとしても乗り越えてやる、って頑張れたのかもしれない。でも彼はそうじゃない。いずれ、何千人ものスタッフを抱える病院の経営者として跡を継がなければならない。

そのときに私は彼の役に立てない。

私個人の努力なんてなんの役にも立たない世界で、彼は生きていく。

足手まといになりたくない。

でも心は彼を求めて軋んで痛んで切なくて。

だから、一度受け入れれば私は自分勝手にわがままに、無責任この上ないのは百も承知で厚顔無恥に彼のそばにいることを選び、我が物顔で彼の横にい続けるだろう。

彼に守ってもらって、優しく包んでもらってひとり幸せに死ぬまで守り通してもらうのだ。

そんなのはだめだ。

だから東京には、彼のもとには戻らない。そう思うのに――……。

彼と再会して心臓が弾けるように露呈してしまったのは、ひどい弱さだった。

『なんで迎えに来てくれなかったの』

心のどこかでずっと叫んでいた。

待っていた。諦めたはずなのにできていなかった、そんな思いがこぼれてしまった。

私は強くなければいけない。祐希がお腹にいるとわかったときに決めたのだ。

ひとりで生きていけるくらい、ひとりで祐希を立派に育て上げられるくらい、強く、強く、強くなければいけないのに――。


「綺麗だな」

祐希を抱っこした宏輝さんが微笑んで、私は少し泣きそうになる。あまりにもふたりは似ていた。

平安神宮《へいあんじんぐう》の神苑に花見に行こうと誘われたのは、宏輝さんが京都に来て三日目、カフェが定休日のことだった。

一週間の休みがあるとのことで、ギリギリまで私の説得を続ける予定らしい。

『この時期の京都のホテルに空きがあるわけないだろう?』と嘯《うそぶ》いてまで私の家で

寝泊まりするのは、最初からそうするつもりだったのだろう。お母さんが来たときのために用意してあった布団で……あんな廉価品で眠るのなんて初めてだろうに、彼はぐっすりと眠れているようだった。

昨日はカフェに丸一日いて医学関係の本を読んでいて、保育園のお迎えにも当たり前のようについてきた。保育園の先生たちにどう見られるだろう、と身構えていたけれど、いつも通りの対応にホッとした。

高岸先生はさすがに少し変な雰囲気だったけれど……。

帰宅しても、宏輝さんは当たり前のように家事をして祐希も見てくれる。もともと器用な人だし私の行動パターンも把握されているからだと思う。

『……あれ』

今朝、祐希に朝食のしらすの混ぜご飯を食べさせているとき、ハッと気がつく。

『どうした？』

私が祐希の離乳食を準備している間に、手早く彼が作ってくれたお味噌汁《みそしる》を飲みながら、宏輝さんが首を傾げる。うちのリビングでの出来事だ。窓からは春の朝日が差し込んでいた。

『あ、いえ……』

『眠れているか？』

宏輝さんが私の目もとを指で拭い、ふっと頬を緩める。おずおずと頷く私から、さりげない仕草で祐希のスプーンを受け取った。

『あ……』

『代わるよ』

宏輝さんは端正な目を細める。

再会して三日目にもかかわらず、気がつけば普通に食卓を囲んでいて、自分でもびっくりした。

最初から三人で暮らしていたかのように、生まれてからずっと祐希を育ててきたかのように、宏輝さんは振る舞う。押しつけるのではなく、ごく自然に私が甘えられるようにしてくれる。

こんなに自然に甘えては、だめなのに。強くなると決めたのに。なのに彼に甘えるのが普通だった頃の自分が顔を出してしまう。

気合いを入れ直さなくてはいけない……なんて考えながらお味噌汁を飲んでいて、さりげなく提案されたお花見話に反射的に頷いてしまったのだった。

そんなわけで、朝から三人で訪れた平安神宮は京都市、岡崎《おかざき》の街に鎮座する比較的……つまり、京都としては新しい神社だ。創建は明治時代、朱色の大鳥居の高さは二十四メートルにもなる。神苑には三百本以上の桜の木が植えられており、なかでも枝垂《しだ》れ桜が有名だった。

その桜色の靄のように咲き誇る枝垂れ桜を前に、宏輝さんは祐希に蕩けるような笑顔を見せていた。かわいくて仕方ない、と顔に書いてある。

ずっと家族を、そして子どもを欲しがっていた宏輝さん。なにがなんでも私を説得するのだと、昨日の夜も笑っていた。

……ただ、説得がうまくいかなくても彼はなんとしても私たちを連れていくつもりだろう。彼の能力からいって、国内で……ううん、国外に逃げたとしても捕まるのは時間の問題だ。

だから、私としては一生懸命に宏輝さんのこれからの人生に私は必要ないのだと諭しているのだけれど、頑として聞き入れようとしてくれない。

「こら、祐希。だめだぞ」

神苑の桜を千切ろうとした祐希を優しく叱る宏輝さんの声でハッと目を瞬く。悩みすぎて昨夜眠れていなかったせいだろう、少しふらついた私を慌てて彼は抱き寄せた。

「大丈夫か」

「は、はい」

離れようとすると、逆にぐっと力を込められた。私は目線を落とす。優しくされたくない……。せっかくの決意が、何度もグラグラと崩れそうになっている。

「すまないな、疲れているだろうに連れ出して」

宏輝さんが眉を下げる。

「少し休もうか。すぐ近くにカフェがある。甘いものでも飲む？」

意地を張る場面でもないので、小さく頷いた。

祐希を抱っこした宏輝さんに手を引かれ、私は桜の木々の間をゆっくりと歩く。

ソメイヨシノの桜色より濃い紅色の花びらが、枝ごと春風に揺れる。紅色の霞《かすみ》か靄のようだ。

「谷崎潤一郎《たにざきじゅんいちろう》もここの桜が気に入っていたらしい――『紅の雲を仰ぎ見る』だったかな」

細雪の、と宏輝さんに言われ私は少しうれしくなる。

「本当？　今、私も紅色の霞みたいって……思って……」

つい昔みたいにはしゃいで返してしまい、慌てて語尾を濁して口をつぐむ。宏輝さんが私の手を握る力を少し強め、頬を緩める。

「谷崎と感性が近いんじゃないか?」

「まさか、そんな……読書感想文ですら苦手なのに」

口ごもりながら答えると、宏輝さんが笑った。

「読書感想文なんかで感性ははかれないだろ」

「宏輝さん、知っているくせに。私が作文苦手だったの」

「俺は好きだけれど? 君の文章」

小中学生の頃、夏休みの宿題や、作文コンテストに応募させられては落選していた私の文章を『素敵だ、茉由里らしい』と褒めてくれたのは宏輝さんだけだった。

昔からそうなのだ、彼は……私のやることなすこと、すべて肯定して包み込む。

私は俯いて、足もとに散る桜紅の花びらを見つめた。

神苑を出る。宏輝さんの言っていたカフェは平安神宮のすぐ横で、本屋さんと一緒になっている形態だった。タイミングよくふたりがけのテラス席に座ることができて、ホッと息を吐く。

祐希は宏輝さんの膝の上にちょこんと座り、紙パックのアップルジュースを飲んでいた。私は春限定のデザート系ドリンクで、宏輝さんはブラック。

変わらないな、と思ってしまった。ふたりでカフェに行くと、いつもこんな感じで……私は選ぶドリンクはまちまちで、でも宏輝さんはいつもブラックで。いつだって私に付き合ってくれていただけなのだ。私が喜ぶのがうれしいって、かわいいって。

過去のことをつい思い返していると、ここまでおとなしかった祐希がむずがり始める。飽きてきたのだろう。ジタバタする祐希を抱き上げ、宏輝さんが私に微笑む。

「もう少し散歩してくる」

「……私が」

「疲れているんだろう？　少しのんびりしていてくれ」

微笑まれ、おずおずと頷くと、宏輝さんは「ゆっくり飲んで」と言い残して祐希を連れ歩き出す。

「優しい旦那さんねえ。それにしても、ほんとお子さんとそっくり。うちの孫も同じくらいよー」

横のテーブルにいた観光客と思しき女性に言われ、曖昧に笑みを浮かべ、頭を下げた。

他人から見ても、そう見えるんだ。

祐希と宏輝さんはそっくりだって……私たちは夫婦だって……。

ぐっと胸が詰まる。

彼が、京都にいる間。つまりこの一週間だけ、家族として過ごしてみようか。

そんな考えが頭に浮かぶ。

一生の思い出として、家族として。

祐希の安全のために、一度は東京に行くべきなのかもしれない。けれど彼からの求婚に応えることはないだろう。

でも、今だけは……この瞬間だけは。

しばらくして、宏輝さんは祐希を抱っこして戻ってきた。

「ちらっと動物園を覗いてみたんだ。面白そうだったな。茉由里の体調さえよくなれば行ってみようか」

平安神宮のすぐそばには、市立の動物園がある。小さく頷くと、宏輝さんが頬を綻《ほころ》ばせた。

祐希が私の膝に乗って「まーま、わんわん」と機嫌よさそうに笑う。宏輝さんのほうを見て「ぱ」とも言う。

「……そう、パパと動物園行ったの。わんわんがいたの？」

勇気を出して小さく言うと、宏輝さんが息を呑んだのがわかった。うまく顔を見られない。

「その、ヤブイヌというのがいて。祐希は気に入ったみたいだ」

宏輝さんが声を弾ませる。

たったこれくらいで、そんなに喜ばなくたっていいのに。どうしてこれくらいでそんなにうれしそうにしてくれるの……。

カフェを出て歩いているうちに、祐希は宏輝さんに抱っこされたまま眠ってしまった。

「結構やんちゃなんだな。動きたがるからヒヤヒヤした」

「そうでしょう?」

ふふ、と笑うと宏輝さんがうれしげにしているのがわかる。私が楽しそうだと喜ぶところは変わらない。

「昼食にするか?」

頷くと、宏輝さんが平安神宮近くの日本庭園が美しい家屋に私を連れていく。立派な門扉でまごついてしまう。豪邸とはいえ、明らかに民家のように見えたからだ。表札こそないものの、料亭やカフェの雰囲気ではない。

「心配するな。俺の持ち家だから」

「え？」

「君が京都に行ったと知ってすぐに購入した。もともとはさる文豪の家で……どうぞ」

丁寧にエスコートされ、立派な門をくぐる。

飛び石のある庭園に足を踏み入れれば、京都らしく侘《わ》び寂《さ》びを感じられる美しい光景が広がっている。引き違いになっている格子戸の玄関を上がると、磨き込まれた廊下が春の陽に輝いた。

「そこを右に」

言われるがままに進むと、坪庭に面した和室があった。思わず目を瞠《みは》り、息を吐いた。

坪庭とは、建物に囲まれた畳二枚分ほどの小さな中庭だ。その空間に優雅に配置されている苔《こけ》むした岩と、上品な鹿《しし》おどし。なにより目を引いたのは低木の桜だった。さっきまで見ていた枝垂れ桜とはまた風情の違う、絢爛《けんらん》な八重桜の低木だ。

差し込む日差しに、柔らかな紅色を揺らしている。

「綺麗」

思わず吐息が漏れた。

座卓には二段の重箱がふたつ、置いてある。

「弁当を注文していたんだ。座って」

おずおずと用意されていた座布団に腰を下ろすと、宏輝さんは私に祐希を預けてくる。「んー」と言いながら眉をひそめた祐希は、結局睡魔に負けたようですぐにすやすやと寝息を立て始めた。

「これに寝かせよう」

宏輝さんが隣の部屋からベビー布団を抱えて戻ってくる。白と黄色で、かわいらしいヒヨコが刺繍《ししゅう》されていた。敷布団も固めで、きちんとしたメーカー品のようだった。

「これ、いつのまに？」

「布団は念のために揃えたというか……どうしても、なにか祐希に買っておきたくて」

苦笑しながら宏輝さんがベビー布団を私の近くに敷いた。そっと祐希を寝かせるけれど、少しだけむずがってしまう。宏輝さんがとん、とん、とお腹を優しく叩く。すうっと力が抜けて、また寝息を立てる祐希に彼は切なそうな顔をする。

「なんてかわいいんだ」

胸がぎゅうっと痛んだ。

「……ごめんなさい」

謝る私に、宏輝さんはぎょっと顔を上げる。

「どうした？ 茉由里」

「あなたが子どもを欲しがっていたのは知っていたのに……ひとりで独占したような形になってしまったな、って」

「なにを言っているんだ」

宏輝さんがそっと私の手を握る。

「結果論だけれど、君が俺から離れていてくれてよかった。もし一緒にいて、……なにも知らされないまま、最悪なことになっていたら」

宏輝さんは唇を噛む。祐希が狙われる、と言っていた件を指しているのだろう。

「祐希を守ってくれてありがとう、茉由里」

私は目を瞬き、それからゆるゆると首を横に振る。

「私はただ、自分があなたにふさわしくないと気がついただけ」

「ふさわしくない……か」

宏輝さんが眉を上げて私の横に座り込む。そうして私を抱き上げ、自分の膝に乗せた。ぎゅっと抱きしめられ、蕩けそうに愛おしい体温に涙が出そうになる。

「や、やめて」

「無理だ。茉由里——俺が横にいてほしいのは君だけ。君の横にいていいのも俺だけだ」

そう言いながら、宏輝さんは私の首筋に口づける。

「あ、っ」

「茉由里、……ふさわしいだとかふさわしくないだとか、そんなくだらない話はもうしないでくれ」

ちゅっと吸いつかれ、びくっと肩を揺らした。宏輝さんが低く喉もとで笑ったのがわかる。

「愛してる、茉由里。誰よりも」

宏輝さんが私の耳の裏をべろりと舐めた。思わず叫びそうになり、きゅっと唇を噛む。

「さっき君は俺が子どもを欲しがっていた、と言っていたけれど、正確には違う」

耳殻を甘く噛み、その上で舌で耳の溝を舐めながら彼は続ける。

「俺は君との子どもだから欲しかったんだ。もし授かれなかったとしても、俺は君を手放さなかったよ、茉由里」

「そう、だったの……？」

「当たり前だろ」

　さらりと言い切って、彼は優しくこめかみにキスを落とした。キスひとつひとつから、はっきりと伝わってくる熱量にたじろぐ。

「愛してる」

　耳もとで囁かれる掠れた声に、力が抜けそうになる。このまま彼にすべてを委ね、言われるがまま彼の横にいたくなる。

　でもそれは、私のエゴでしかない。

　だいたいこの『愛してる』だって、彼の錯覚なのかもしれなかった。妹のように慈しんできた女が自分の子どもを産んだと知って感傷的になっているだけなのかも……。

　宏輝さんもいつか、必ず目が覚める。自分が上宮の後継として生きていくのに必要なのは、妹のように守ってきたなにも持たない恋人ではなく、それこそ北園華月さんみたいなすべてを持った上で自分の足で立っている女性なんだって。

　私は身を捩《よじ》り、彼の腕から抜け出す。じっと見つめると、宏輝さんは軽く肩をすくめて立ち上がり、座卓の反対側に座った。

「食べようか」

「……うん」

重箱を開くと、きらきらと宝石のような和風懐石のお弁当だった。二段重ねになっており、ひとつには手鞠《てまり》寿司や鴨《かも》ロースの木の芽味噌和え、春野菜のゼリー寄せなどが美しく詰められていた。もう一段にはてんぷらや桜鱒《さくらます》の塩焼きなど。窓の外で風が吹いて、桜の花びらが舞い上がる。四角い空間でくるくると花びらがまわる——ぽろっと涙がこぼれた。

「茉由里？」

「ど、どうしてこんなことしてくれるの。喜ばせようと頑張ってくれるの」

わざわざ家を買い、庭を整え、使わないかもしれない布団まで揃えて。今日だって、こうやって食事まで手配してくれて。

「私はあなたになにも返せないのに、なにもできないのに。私はあなたにふさわしくな……」

座卓に身を乗り出し、宏輝さんは私の手を大きな手のひらで塞ぐ。

「もう聞きたくないって言っただろ？　茉由里」

穏やかな声で言いながら、宏輝さんが私から手を離す。

「でも、でも」

「俺はいつだって君をどう喜ばせるか考えてるんだ」

ゆっくりと彼は座布団に座り直し、行儀悪く肘をついて私を見つめる。

「宏輝さん？」

「昨日、俺、よく寝ていただろ」

「あ、うん……」

「あんなに眠ったの、いつ以来かわからない」

え、と私は目を瞬いた。それって……？

「君が俺の前からいなくなって、眠れなくなった。それまでは君がひとつ屋根の下にいると思うと、自然に眠れてたのに。俺は君がいないとだめなんだ。なにもできない」

宏輝さんは苦笑しながら、上品に箸を動かす。

「俺の行動原理はすべて茉由里なんだ。君がいないとろくに眠ることすらできない」

「そんな、どうして」

「愛してる。それ以外に理由が？」

ぶわりと全身に血がめぐる。だめだとわかっているのに、うれしくて仕方ない。

ただ黙っている私に、宏輝さんはすっと目を細めた。さっきまでの柔らかい雰囲気が霧散する、熱くて昏い瞳をして。

「逃さない、茉由里。もうなにがあっても」

……その言葉が、なにをしていても、どこにいても耳に蘇って。

「上の空だね」

「っ、あ、ご、ごめんなさい」

翌日、カフェでいつも通りコーヒーカップを拭いていた私は、叔父さんのひとことに慌てて頭を下げる。叔父さんは苦笑した。

「いいよ。そりゃあ考えるよな」

俯く私に、叔父さんは続けた。

「今朝、上宮さんが説明に来てくれたよ。どうして茉由里さんが東京から離れなければいけなかったのか、すぐに探しに来ることができなかったのか。深くは聞いていないんだが、どうやら脅されていたようだね」

「脅迫？」

確かに祐希が狙われるかも、とは話していたけれど……。

「でも、宏輝さんは脅迫に負けるような人では……」

「自分のことならばいくらでも無視できたんじゃないか。君たちの、大切な妻子のことだから動けなくなったんだろう」

言われて肩を落とし、コーヒーカップをそっと棚に戻した。妻でこそ、ないものの……。

「私たちが彼から離れていることは、彼を不安にさせているんでしょうか。せめて東京に戻れば、彼の負担は減るのかな」

彼の迷惑になりたくないと思うことは、むしろ負担になっているのかもしれない。

「そうだね。多少の不安は解消されると思うよ」

離れている間、うまく眠れなかったのだと宏輝さんは言っていた。ならば……私が彼のもとに戻れば、彼は眠れるようになるのだろうか。

「なあ茉由里さん。もう少しふたりで過ごしてみたらどうだい」

「叔父さん……」

「もうお客さんもいないし、今日は店を閉めよう。祐希は僕が見ておくよ。じっくり話し合ってきなさい」

祐希のお迎えに行くと、門の前で宏輝さんが待っていた。シンプルなシャツとジーンズに、大きめのポケットがついたざっくりと編まれたカーディガンを羽織っている。どれも上質なものだと一目でわかる。

仕事終わりの自分を見下ろし、情けなくて少しだけ笑ってしまう。量販品のパーカーにカットソー、黒のチノパン、スニーカー。全部合わせても彼が穿《は》いているジーンズの値段にも満たない。それどころか着まわしすぎてくたびれてきていた。

こんなに不釣り合いなのに、どうして彼は私を求めるんだろう。妹みたいに育ったからかな。もしかして、恋愛と家族愛をごちゃ混ぜにしてない？

「どうした？」

不思議そうな宏輝さんに「あのね」と声をかける。

「今日、祐希を叔父さんが預かってくれるんだって。夕食、一緒にどうですか」

といっても、ここ数日、朝夕は一緒に食べているのだけれど。

けれど宏輝さんは目を輝かせた。

「デートの誘いと思っていいか？」

「いえ、これからのことをきちんと話しましょう。宏輝さんも祐希のことを知ってしまったからには、責任を感じてしまうのも仕方ないと思うし」

言いながらそういう面もあるのかもしれないな、と思う。宏輝さんは『家業だから』『御曹司だから』という理由だけで医師になったわけじゃない。人を助けたい、救いたいという真摯《しんし》な思いもあってのことだと、幼い頃からそばにいた私は知っている。

「茉由里、俺は君を愛してるんだ」

宏輝さんがどこか悲しそうに笑う。

「何回言ったら伝わるんだろうな」

「……それは本当に愛なの？ 妹への感情とごっちゃになっているんじゃなく？」

「違う。女として見ている」

まっすぐな言葉に肩を揺らした。ふっと宏輝さんが身体から力を抜く。

「ただ、君の立場からすれば、素直に受け入れられないのもわかるよ。仕方ないよな……けれど、必ず挽回していくつもりだ」

私は視線を逸らし、どう彼を説得すればいいのか考えをめぐらせた。

と、そのとき宏輝さんが自分の携帯を手に眉を寄せた。

「悪い、病院からだ」

そう言った彼に頷き、ひとり保育園の門をくぐる。

祐希のクラスの引き違い戸を開くと、いつも通りてちてちと祐希がかけてくる。

「ただいま、祐希。あのね……」

抱き上げ、話しかけようとしたとき、高岸先生が出てくる。

「松田さん。お疲れさまです」

微笑む高岸先生だけど、どこかそわそわとしている。

「先生？」

高岸先生はぱっと顔を上げ、もうひとりの担任の先生に「すみません、ちょっと出ます」と声をかけて引き違い戸を閉めた。

「どうかされましたか？　もしかして祐希、お友達に怪我させたとか……」

少し焦りながら聞くと、高岸先生が「いいえ」と首を横に振る。

「祐希くんのことではないです」

「え？」

なんだろう、と思っていると、高岸先生が眉を寄せて私を見下ろす。

「先日から一緒にお迎えに来ている男性は……祐希くんのお父様でしょうか」

突然の質問に戸惑いながら頷く。それからハッとした。

「あ、あの。偽装離婚だとか、そんなんじゃ……」

ひとり親家庭は保育料の算出方法が違う。それを指摘されるのかと思い慌てると、
高岸先生は悲しげに眉を下げた。

「あの方とご結婚されるんですか」

「……いえ」

「そうですか」

少しホッとしたように高岸先生は呟き、それから私と祐希を真剣に見つめる。

「本当は、ちゃんと祐希くんの卒園まで待つつもりだったんです。でもそんな悠長に構える余裕はなさそうだから」

「え？」

首を傾げた私に、高岸先生ははっきりと告げた。

「好きです」

ぽかんと高岸先生を見つめる。好き……？

「保護者さんにこんな感情を持つのは間違っているとは思います。でも好き、好きなんです」

「た、高岸先生」

「今すぐでなくて構いません。僕は祐希くんの卒園まで、いえ、いつまでだって待てます。どうか僕と付き合うこと、考えてもらえませんか」

呆然と言葉を聞く私に彼は続ける。

「もちろん、結婚前提でと考えています。あなたを幸せにしたい。そのチャンスを僕にください」

「それは無理な話だな」

降ってきた低い声に目を瞬く。背後から祐希ごと宏輝さんの腕の中に閉じ込められていた。

「茉由里は俺の妻になるんだ」

宏輝さんの声が据わっている。滾《たぎ》る怒りの色にたじろいだ。

「……お言葉ですが」

高岸先生がトーンを落として口を開く。

「自分の子どもを産んだ女性をここまでひとりで放置しておいて、今さら虫のいい話だとは思いませんか？」

宏輝さんの肩が微かに揺れた。

「……君に関係あるのか？」

「あります。ここで一年、祐希くんを見てきました。この街で、松田さんと一緒に祐希くんを育ててきました」

ぐっと宏輝さんの手に力が入る。

「その言い方は保育者としてどうかと」

「重々承知の上です。けれどそれほどに僕は松田さんが好きなんです」

「……だとしても、絶対に渡さない」

宏輝さんは私の手を引き、歩き出す。背中に高岸先生の視線を感じた。私の腕に抱かれた祐希がいつも通り高岸先生に手を振る。それを横目で見た宏輝さんが唇を噛んだ。

つらそうな、切なそうな、苦しそうな、悔しそうな、耐えるような、そんな顔をしていた。

「あの……高岸先生は……」

先生の気持ちに応える気はないと伝えたかった。

けれど宏輝さんは険しい表情で私の言葉を遮る。

「……悪い。この話は、また。自分に余裕がない」

宏輝さんが拳《こぶし》を握っている。俯いてただ手を引かれるままに歩いた。

祐希を叔父さんに預け、私たちは家に向かう。その途中で、宏輝さんが「よければ」と少し沈んだトーンのまま唇を動かす。

「軽く飲みに行かないか？」

私はちょっと迷ってから頷いた。ゆっくり話したいというのもあったし、なにより考え込んでいる宏輝さんが心配だった。

白川通《しらかわどおり》まで出てタクシーを止め、彼に連れられてきたのは京都の飲み屋さん街、先斗町《ぽんとちょう》。

鴨川《かもがわ》のそばにあり、歴史を感じられる町屋が立ち並ぶ一角だった。夕陽に照らされた格子窓が続くその街の、さらに〝一見さんお断り〟の格式高い一角に宏輝さんは迷わず入る。夕方になり開店したばかりのバーのようだった。

「こんばんは」

「おや、上宮様。ご無沙汰をしております」

その店に一歩入った私は、思わず感嘆の声を漏らす。黒に近い飴《あめ》色に磨き込まれた柱や床板を、温かな色の間接照明が照らす。町屋のよさを消さないよう気を使ったのがよくわかるバーカウンターに、まだ誰も座っていない、そう高くない椅子が並ぶ。京都は着物姿の女性が多いから、そこに配慮してあるのかもしれなかった。確かにこのお店に着物はよく合うだろう。

そこまで考えて、自分の服装に思い至る。着古したグレーのパーカーに黒いチノパン、それからくたびれたスニーカー。恥ずかしくなって身を縮める私の肩を引き寄せ宏輝さんは言う。

「こちら、俺の婚約者です」

バーテンさんは一瞬だけ目を丸くする。それはそうだろう、彼の婚約者は北園華月さん、そんなふうに世間では共通認識が出来上がっていた。それを、こんな薄汚れた格好の女を連れてきて婚約者だと言えば、戸惑うのは当然だ。

けれどさすがは接客のプロで、すぐににこりと微笑み「おめでとうございます」と私に向けて口にする。

無言で首を振るも、彼は笑顔のままだ。

「個室はあいていますか？」

「はい、どうぞ」

バーテンさんに案内され、奥まったお座敷に上がる。間接照明だけの、四畳半ほどの空間に床間と小さなテーブルが設えてある。座ることのできる場所は、ふたりがけのソファひとつだけ。

床間に生けられているのはひと枝の桜だ。ふたつみっつ、控えめに咲いているところがかえって綺麗だと思う。

「ここは日本酒のバーなんだ」

私をエスコートするようにソファに座らせ、彼もまた私の横に腰を下ろす。

「日本酒のカクテルなんかもある。なにを飲む？」

「日本酒？」

「ええと……甘いものがあれば」

ん、と宏輝さんはメニューを広げ、いくつかおすすめを教えてくれた。私はザクロのシロップが入っているという、赤い日本酒カクテルを選ぶ。宏輝さんは好きなお酒があるらしく、それをそのままで一合頼んでいた。

ドリンクを待つ間、私はぼんやりと部屋の隅にある間接照明を見つめた。竹細工の隙間から漏れる柔らかな明かり。

付き合っていたとき、こんなふうなお店を利用していたという話を聞いたことはなかった。というか、日本酒もそんなに嗜《たしな》まなかった。どちらかというと、ワインのほうが好きで――。

北園さんが日本酒を好きなのだろうか。

そんなふうに思うと胸が痛い。微かに俯いた私の手を、宏輝さんが握る。

「茉由里。どうした？」

「なんでも……」

「なんでも、って顔をしていない」

声を固くして宏輝さんは私の顔を覗き込む。さっと目を逸らす私の手を、男性らしい硬い指先で撫でる。手のひら、それから指と指の隙間や手首の脈のあるあたり。触られているだけなのに、ひどく官能的で小さく息を吐いた。

「ど、してそんな触り方……」

「どうしてだと思う？」

そう言いながらこめかみにキスしたあと、かぷりと耳殻に噛みつく。そのまま耳の溝を舐められ、脳に直接囁かれるように耳もとで「茉由里」と名前を呼ばれると、耳から腰にびりびりと電流が走ったようになってしまう。

お腹の奥のほうが、もったりと熱を持つ。

「やだ……」

「なにがあったか、どうしてそんな表情をしたのか、教えてほしい。そうしないと」

「そうしないと……？」

彼の舌が耳の裏を舐める。悲鳴があがりそうになって、慌てて口を押さえる。

「そうしないと、君があられもない声で啼くのを聞かれることになるぞ？」

彼の指先が、すっと胸の頂を掠めるように動く。すんでのところで悲鳴をこらえた。

だめ、だめ、だめ……！

「ほら、茉由里」

耳をねぶられながら命令され、あまりうまく頭が動かなくなっていた私は半ば喘ぐように答えた。

「北園さんと来たと思ったの……っ」

ぴたり、と彼の動きが止まる。そうして私の肩を引き寄せ、かき抱いた。

「どうして、そんな……」

「だって、北園さん、インタビューで言っていたもの。たくさんデートしてるって、いろんなお店に連れていくし、連れていってもらうって……だから、きっと仲がいいのだろうって」

「すべてデマだ。あいつと出かけたことなんかない」

「……え？　そんなはずは」

混乱して彼を見上げる。だって、そんな……北園さんは作り話をするような人には思えない。

「この店はな、もともと東京にあったんだ。以前は料亭だったこの建物をオーナーが買い取って移転してきた。俺が通っていたのは東京の店のほうだ。それも一年程度のことだけど」

「そうだったの」

「眠れなかったんだ」

宏輝さんは言う。

「茉由里、君がいなくて。それで酒量が増えた。親父に説教なんかできない」

「……お父様の病状は？」

「ずいぶんいい。いずれ手術も受けなければならないだろうが」

「そう。精神的に安心したのもあるのではないの？　あなたの婚約で」

言いかけたところでキスで唇を塞がれた。目を白黒させてしまう。ゆっくりと離れたそのかんばせは怒りさえ浮かんでいて思わず肩を揺らす。

「ご、ごめんなさ……」

「いや、違うんだ茉由里」

宏輝さんは前髪をかきあげる。

「違う……」

そう言ったきり顔を覆って黙り込む。私はみじろぎひとつできず、ただ彼の横で固まっていた。

そのタイミングでノックの音がして、さっきとは違うバーテンさんがドリンクを持って入室してくる。

宏輝さんが注文したのは、東北のお酒らしかった。かなり辛口とのことだ。

私は目の前に置かれたカクテルグラスに目を瞬く。日本酒だとは想像できない、赤い色をしたかわいらしいドリンクだった。

バーテンさんが出ていってから、どちらともなくドリンクに口をつける。あまりにおいしくて思わず吐息を漏らすと、宏輝さんがうれしげに口もとを綻ばせた。

「よかった、気に入ってくれたか？」

頷いてお礼を言うと、宏輝さんはますますうれしそうにする。

「いつか連れてきたいと思っていたんだ」

そう言って宏輝さんがお猪口《ちょこ》に口をつける。私はじっとその様子を見ていた。

私がいなくなって、お酒がないと眠れなくなるほどだなんて。

「宏輝さん。くれぐれもお酒、控えめにね」

「……別れるの前提みたいな言い方するなよな」

「だって」

「だって？」

宏輝さんはお猪口をテーブルに置き、私の肩を強く掴む。

「宏輝さん？」

「京都に残りたがるのは、あいつのせいか？」

「え？」

「あいつだよ。高岸とかいったか」

宏輝さんが私を抱きしめる。

「君がどれだけ男を惹きつけるか。知らなかっただろ、子どもだった頃から俺が排除していたからな」

排除という穏やかではない言葉に目を丸くする。

「お願いだ茉由里、一緒に東京に来てくれ。嫉妬でどうにかなってしまいそうだ」

その目に、声に、確かに浮かぶ独占欲に背中が震えた。私を妹のように思っている人の目じゃないとはっきりとわかる。女として求められているのだと。

「でも……っ。私、歓迎されていないんじゃ」

「誰に？」

「上宮家の、みなさん……美樹さんも」

その懐かしい名前を呼んで、じわっと声に涙が滲む。今もどこか、実の姉のように慕っている彼女。

「美樹さんだって、北園さんとうまくやっていたでしょう?」

「あれは北園の行動を監視していただけだ」

「え? 監視……って」

宏輝さんはなにも言わず、私の手を握る。さっきの切なくて痛そうな顔をしていた。

「どうかついてきてくれ。まだ俺を信頼してくれていなくていい……愛していなくとも構わない。祐希を守るためだけと思ってくれたとしても」

そう言って彼はカーディガンのポケットからベルベットの小箱を取り出す。そこに入っていたものを目にして、私は目を疑った。

ふたつの指輪。

「これ……」

ダイヤの指輪は、彼がかつて私に贈った婚約指輪。そして、クンツァイトは実のお母様の形見の指輪だ。

石の持つ意味は、永遠と無限の愛。

「受け取ってくれないか」

「だめ……そんな、もう、私は……」

顔を覆う。

現実を知ってしまった私は、夢から醒めた私は、映画のお姫様のように王子様に幸せにしてもらうのを待つわけにはいかない。私はもう、ひとりの女じゃない。祐希の母親なのだ。

「茉由里。君が他の男と愛し合うのかもしれないと、そう思っただけで俺は死にたくなる」

ハッと顔を上げる。

「そんな……」

「あの男の手を取るのか？　だめだ、そんなの……」

唇を噛む彼に、ゆるゆると首を振った。

「高岸先生のことなら、なんとも思っていません」

「じゃあなんで……！」

「……宏輝さん。現実的な話をしませんか。祐希のこれからをどうするのか、認知するかしないのか、それから宏輝さんがどうしても気にかかるのならば養育費なんかの話も」

宏輝さんは私をじっと見つめ、それから呟くように言った。

「全部言う通りにするから俺と一緒に暮らそう」

「っ、そうじゃなくて」

「知ってる、わかってる。じゃあ他にどうしたらいいんだ、もう君なしの生活なんか無理だ……！」

宏輝さんが私を再び抱きしめる。迷子の子どもがぬいぐるみを抱きしめるような、そんな必死な動きだった。大きな手のひらが震えている。

「無理だ、もう無理だ」

「宏輝さん」

「お願いだ、茉由里、頼む……」

私は彼の広い背中に手をまわし、ゆっくりと撫でる。背骨に指先が触れた。少し痩せたと思う。胸が痛んだ。

彼にとって、私はなんなの。

そんなに求めなくてはならないような存在なの？

なんの役にも立てないのに。

結局、私は彼に連れられるように、東京へと戻ることになった。

宏輝さんと結婚はしないという決意に変わりはない。宏輝さんも「とりあえずはそれでいい」と受け入れてくれた。

ただ、宏輝さんにこれ以上迷惑をかけたくないという感情……、ううん、言い訳はやめよう。単純に宏輝さんが心配でならない。

本当ならば、離れていたほうがいい。そうじゃないと、前以上に宏輝さんを愛してしまいそうで怖い。

叔父さんには前から話がされていたらしく、すでに別のアルバイトの人が手配されていた。

「いつでも戻ってきていいんだからね」

叔父さんの言葉に小さく頷き、祐希を産みここまで育てた京都の地を離れた。

新居だと案内されたのは、以前住んでいた世田谷の低層マンションではなく、宏輝さんが今勤務する病院の近くにある高級タワーマンションだった。

宏輝さんは広々とした日本庭園のある家で育ったせいかあまりこういった建物を好まない傾向があるのだけれど、なんでもセキュリティ上の関係で警備がしやすいのだということだった。ワンフロアすべてが住居用のスペースだ。

東京駅に到着したときすでに十八時を過ぎていたため、マンションに着いた頃にはすっかり日が落ちていた。

窓からは東京のきらきらした夜景が一望できる。川底に沈むビー玉のように、どこか幻想めいていた。今現在の状況に、いまいち実感がないせいかもしれなかった。

「広すぎて掃除が大変そう」

私はぐるりとリビングを見渡しながら呟く。来る最中の車で眠った祐希は、寝室に用意されていた子ども用ベッドに寝かされていた。

「週に三日ほど、尾島《おじま》が掃除に来る」

「尾島さんが？」

宏輝さんの実家で家政婦をしている女性だ。六十代半ばの人当たりのいい人で、私も昔からお世話になっている。

「彼女は信用できる」

宏輝さんの雰囲気がピリッとした。それだけ私と祐希の身辺に気を使ってくれているのだ。

「申し訳ないな……」

そう言いながら、私は彼からマンションの説明の続きを受けた。

「寝室、ひとつしかないの？」

寝室には、クイーンサイズのベッドがひとつと、子ども用ベッドがひとつ。

これだけ広いのにゲストルームすらない。さすがに意図がわかる。なにがなんでも同じ寝室を使うという意地だ。

「宏輝さん。私はあなたと結婚するつもりは……状況が落ち着けば、また祐希と出ていくつもりです」

「そうか」

宏輝さんはとん、と壁に寄りかかり目を細める。

「俺のこと愛していても？」

「そ、そんなことには」

「なるよ。なる。させてみせる」

私はきっ、と宏輝さんを見つめる。

「宏輝さん、いい加減に気がついて。私はあなたにふさわしくない」

私ではどうあがこうと、彼の将来になんのプラスにもなれはしないのだ。

胸の痛みに耐え、しどろもどろになりつつそんなことを訴えた私は顔を上げて凍りつく。

「宏輝さん……？」

「茉由里。二度とそんなことを言うんじゃない。何回言わせるんだ？」

「え？　きゃっ」

宏輝さんは私を横向きに抱き上げた。そのままリビングへ行き、座り心地のよい広々としたソファに横たえられる。目を丸くしているうちにのしかかられ、するすると服を脱がされる。

「待っ……宏輝さん」

「待てない。無理だ、茉由里」

宏輝さんが切羽詰まった声で言う。

「やっと取り戻せたのに。また俺は怯えなくてはいけないのか？　君がどこかに行くんじゃないかって、なにかひどい目に遭ってやしないかと不安で眠れない夜を過ごさなくてはいけないのか？　他の男といるんじゃって、胸をかきむしりたくなる夜を？」

「宏輝さん……」

「愛してる、茉由里。いい加減に諦めろ。俺から逃げられるなんて思うんじゃない」

私は目を瞬き——それでも唇を噛み、首を横に振る。

だって私といることが彼にとってのいちばんの幸福だと、どうしても思えないのだ。

自信がない。

宏輝さんを幸せにしてあげられる、そんな自信が……。

そんな卑屈な私に、宏輝さんはこれでもかと甘い言葉を囁き続ける。

大好きで大きな手に触れられ、蕩され、気がつけば彼を受け入れていた。

彼のもので充溢させられ、何度も貪るキスをされ、高みに無理矢理上らされて――。

目を覚ましたのは、寝室のベッドでのことだった。すでに日が高い。身体は綺麗にされていたし、パジャマを着ていた。いつのまに……。

横にある子ども用ベッドを見てみれば、もぬけのから。

「もう起きちゃったのか」

手をついて、違和感に目を瞬く。

そっと左手を目の前にかざす。薬指で朝日を反射するのは、ふたつの指輪。

「――!」

声にならない叫びをあげた。婚約指輪のダイヤと、宏輝さんのお母様の形見である金の指輪のクンツァイトが煌めく。京都では受け取ることのできなかった、ふたつの指輪。

永遠の愛、そして無限の愛……。

外そうとするのに、ぼろぼろと涙が溢れてとてもそんなことできない。

「私は……なんて、自分勝手なの……」

自分勝手で、中途半端だ。逃げ出すことも、宏輝さんの愛を受け入れることもできない。

しばらく泣いて、ようやく落ち着いて何度か呼吸をする。ベッドを降り、よろよろと歩き出す。腰どころか、全身が痛い。さんざん貪られ、啼かされ、あますところなく食べ尽くされたせいだった。

リビングでは宏輝さんと祐希が、朝の子ども向けの音楽番組を見ていた。ラグに座ったまま手を動かしながら踊る祐希に、宏輝さんは携帯のカメラを向けている。祐希の周りにはおもちゃが散らばっていた。私がこちらに持ってきたものもあれば、宏輝さんが買っておいたと思しきものもある。

彼はどんな思いでこのおもちゃを買い集めたのだろう。ずきっと胸が痛む。

「おはよう。寝心地はどうだった？」

私に気がついた宏輝さんが微笑む。

寝心地もなにも、半ば気絶するように眠ったのだけれど……と思っていると、宏輝さんが携帯をソファに置いて立ち上がり、「これ」と一枚の書類を私に渡す。

「これって……」

婚姻届だ。私の記入欄以外、すべて埋まっていた。証人の欄は私のお母さんと、宏輝さんのお父さん。

「お父様は……賛成なの？」

「当たり前だろう？ ……早織さんもだ」

「早織さんが？ どうして」

「結局のところ、彼女は利用されていただけなんだ。北園会はうちの病院をまるまる手に入れるために、彼女を騙して提携話を持ち出した。それだけだ」

「そんな……」

足もとがガラガラと崩れ落ちていく感覚に、知らず身体がかしいだ。

「茉由里！」

慌てる宏輝さんに抱き止められながら、私は震える身体を抱きしめる。

「じゃあ私は……早織さんに諭されて身を引いた私は……？」

みじめさに涙が滲む。私もまた、騙されていただけなの？

「すまなかった茉由里、まだ混乱しているだろうに話すべきじゃなかったな」

宏輝さんはハッとしたように息を呑み、私をソファに座らせ呟く。

私に気がついた祐希がおもちゃをひとつ握りしめ、とてとてと歩いてくる。

「まー！　こえ！　おもちゃ！」

膝によじ登ろうとする祐希を抱き上げる。私の膝に座った祐希は、ふくふくの頬をにっこりと上げて、ラグに膝をついていた宏輝さんにおもちゃを向ける。

「どぉ」

反射的にだろう、宏輝さんがおもちゃを受け取って、それからかわいくてたまらないという顔をした。

「今の〝どうぞ〟かな。どうも、祐希、ありがとう」

「ちゃんと〝どうぞ〟できたの、初めてじゃないかな……」

初めてはママにしてほしかったな、なんて思いながら祐希を抱きしめる。

「なあ茉由里。俺はこんなふうに祐希の成長をそばで見守りたい」

私は黙って彼の言葉に耳を傾ける。

「といっても、明日からは病院に戻らないといけないから……少し忙しくなるけれど、でも」

そこでひとこと切って、宏輝さんは続けた。

「結婚してほしい」

「……考えさせて」

変わらぬ中途半端な答えにもかかわらず、宏輝さんはうれしげに私の手を握る。

「昨日まではきっぱりと断られていた。少し前進だ」

「私、わからない……祐希のためには父親がいたほうがいいのかもしれない。でもそれではあなたのためにならない。それに、いつか気持ちが離れてしまうんじゃないか、とも思う」

「杞憂だな」

宏輝さんはフンと鼻で笑う。

「俺が君以外の女性を愛する未来なんか絶対に来ない」

「わ、わからないよ？　私があまりに役立たずで、苛ついて」

「俺が茉由里を役立たずと言い出したら、そのときは躊躇《ちゅうちょ》なく殺してくれ。多分身体を宇宙人かなにかに乗っ取られているから」

「そんな……」

本気とも冗談とも受け取れる言葉に、曖昧に笑ってみせる。宏輝さんはふっと頬を緩め、祐希ごと私を抱きしめた。

「でも、北園華月さんは？　私、彼女のインタビューを読んだことがあるの。素敵な女性なんだろうなって、いいお医者様になるんだろうなって、そう思ったの……」

あなたにふさわしい、とは口にしなかった。それは彼の逆鱗《げきりん》であることはもうさすがに理解していたから。

宏輝さんは笑みを浮かべ、私の髪を撫でるだけでもうなにも教えてくれようとしなかった。


宏輝さんの仕事……というかドクターのお仕事は、本当に激務だ。連続して三日ほど帰ってこない日もある。それでも私が不安を抱かないよう、細心の注意を払ってくれていることはわかったし伝わってきていた。

『出かけるときは必ず車を使ってほしい』

車、とは私が運転する車じゃない。上宮の家に昔から勤めている、私も顔見知りの運転手さんが運転する黒塗りの外国車だ。それもセダン。お偉いさんが乗るような車に、祐希用のチャイルドシートがつけられている。

わざわざ呼び出して車に乗るのも気が引けて、あまり出かけていない。けれどこのタワーマンションには、なんでも揃っていた。プールまであるスパやジム、空中庭園つきのカフェにキッズルーム、図書室に小さなシアターまで。

「ほとんど外、行かなくなりますよね～」

広々としたキッズルームで出会った、同じ年齢くらいのお子さんを連れた女性に言われて苦笑する。

ネットスーパーはもちろん、コンシェルジュさんに頼めば大抵のものは買ってきてもらえる。だからこそ宏輝さんは私を住まわせるのにここを選んだのだろうと、ぼんやりと思う。

祐希のお気に入りは空中庭園にある温室だった。さまざまな南国の植物が咲き乱れ、その花々の間を色とりどりの蝶が舞う。

「ちょー」

抱っこしている祐希が指をさす。

「本当だ、ちょうちょだね」

私が答えると、祐希は伝わったのがうれしいのか、何度も「ちょー」「ちょー」と指差しを繰り返す。そんな仕草がかわいくて、そっとその頭に頬を寄せた。

温室のガラス越しに、五月の空が見える。雲ひとつない、青空だった。

「茉由里」

ふと懐かしい声がして振り向く。そこにいたのは美樹さんだった。目を丸くする私に彼女はあっという間に距離を詰めて、がばりと祐希を抱っこしている私を抱きしめた。

「おかえり、おかえり茉由里……！」

「み、美樹さん……なんで」

「仕事で海外にいたの。宏輝にあなたが東京に戻ってきたと聞いて、帰国した足で来たの。ああ、顔を見せて……」

うれしそうに美樹さんは私の頬を撫でる。それから祐希に微笑んだ。

「こんにちは。美樹おばちゃんよ。でもおばちゃんなんて呼んだらお尻叩くからね」

「おちり？」

「おちり、おちりよ。ぺんぺんなんだから。ああかわいい、早く会いたかったの。本当よ」

眦《まなじり》を下げきって甥《おい》である祐希に頬擦りする美樹さんに戸惑う。

「どうして……美樹さんは北園さんと、その」

仲がよかったんじゃ。

言いかけて言葉を濁す。そういえば宏輝さんが『北園を監視するためだ』って……。

北園さんの名前を聞いた美樹さんは思い切り顔をしかめた。

「あの女はね、ろくでもないわよ。蛇みたいな女なんだから」

「蛇……？」

まったくイメージにない言葉に美樹さんは頷く。

「外面だけは最高にいいわね。あ、もしかしてインタビューとかテレビとか見た？」

おずおずと頷くと、美樹さんはウェーブのかかった長い髪をかきあげる。

「あのね、あの女の語った内容は百パーセント、嘘よ。宏輝はあの女との婚約に了承していないし、デートなんか一度だってしてない。仕事の関係で会わざるをえないときは、あたしか早織さんが同行してる」

目を丸くしている私に美樹さんはにっこりと微笑んで言う。

「ねえ、お土産があるの。カフェでお茶でもしましょ」

美樹さんとカフェに行ったあと部屋に戻り、祐希のおむつを替えながら情報を整理した。

今わかっているのは、北園華月さんと宏輝さんは婚約なんかしていなかったということ、北園さんはなんらかの理由で宏輝さんたちから監視されていたということ。

「わからない……」

祐希にズボンを穿かせながらため息をついた。

結婚を決意できたわけでもないのに、私にすべて明かされていないことに苛つきを覚えた。そんな権利がないのは承知しているのだけれど、わからないままだ守られているのはどこかムズムズしてしまう。

そのまま祐希にねだられて絵本を読みだしたとき、携帯に着信があった。私は見慣れない番号に眉を寄せつつ、ゆっくりと通話に出る。

「——はい」

『こちら松田茉由里さんのお電話で間違いないかしら？』

綺麗な声だった。一瞬聞き惚れてしまいつつ「はい」と返事をする。祐希はラグの上でおもちゃを引っ張り出して遊んでいた。

『あたし、北園華月と申します』

その名前に言葉を失った。北園華月さん——宏輝さんの婚約者。元、なのか対外的には今も、なのかはわからないけれど。

『あら、聞こえているかしら松田さん』

「聞こえて、います」

ふふ、と電波の向こうで北園さんは笑う。

『本来なら直接ご挨拶に伺うところなんですが、あなたの周り、今ガードがすごく堅くて。ご存じかしら』

曖昧に返事をする。タワーマンションに運転手さんだけじゃなく、他にも色々と手を尽くしてくれているらしい。

『いいわねえ、愛されていて。申し訳ないんですけど、その場所代わってもらえませんか』

私は目を丸くして息を止めた。わけがわからず、大きく息を吸い込んでから口を開く。

「どういう……」

『赤の女王仮説ってご存じ？』

唐突な話題の転換に口をつぐむ。黙り込む私をよそに、北園さんは淡々と続けた。

『鏡の国のアリスに出てくる、赤の女王のことよ。あの物語に由来した進化論の仮説のひとつ。同じ場所にとどまりたければ、走り続けるしかない。進化し続けるしかないの。よりよい子孫を残すしか』

「子孫？」

『そう。男はいいわよね、外でいくらでも種を蒔《ま》けるもの。でも女は違う。種は厳選しなくては』

北園さんはどこか遠くでしゃべっているように思えた。

『あたしは現北園会グループの総帥の孫ということになっているけれど、実際は違う。総帥と愛人との間に生まれた子どもなの。後継者候補の指名を受けるまで、どれだけ苦労したことか……もしあたしが優れた子どもを産めなければ、その座さえ失いかねないわ。だから宏輝さんとの子どもが欲しいの。より優秀な子どもが。だから代わってください。あなたはもう子どもがいるじゃない』

「北園さん……」

私は呆然としたまま続ける。

「子どもって、そんなもののために産むものじゃないです」

『え？　じゃあなんのために産んだの？』

「大好きな人との子どもが欲しいって、そう思うのは普通のことなんじゃないですか」

『それこそ本能に支配されているだけよ。もっと理性的に』

そう言う北園さんを放って私は通話を切り、着信を拒否する。はあはあと肩で息をして、楽しそうに遊んでいる祐希を抱きしめた。

「違うわ。愛おしいものなの、子どもって。道具にするために産むものじゃない」

北園さんに届かない細い声で言う。祐希は不思議そうにしながらおもちゃを噛んでいる。

「ただいま、茉由里、祐希」

当直があったため二日ぶりに帰ってきた宏輝さんは、とてもうれしげに祐希を抱き上げた。祐希もはしゃいで、ふくふくした手足をじたばたさせる。

「帰宅する楽しみがあるの、うれしいな」

すっかり眉を下げてデレデレした顔になっている宏輝さんに目を見張る。すっかりパパの顔だと思ったのだ。

「美樹が来たんだろ」

「うん、お土産たくさんもらっちゃって」

そう言ったとき、宏輝さんが「あ」と呟き微笑んだ。

「そうだ茉由里、土産で思い出した。夏になったら十日ほど連続して休暇がとれるんだ」

「そうなんですか？」

「病院スタッフのＱＯＬを上げていこうという改革の一環で。ウチは医者も看護師はじめスタッフも人数が潤沢だから——それで、よければ海外にでも行かないか」

「海外に、ですか？」

「家族旅行に婚前旅行を兼ねて。――もちろん新婚旅行としてでも」

宏輝さんはそう言ってから祐希に頬擦りをする。

「どこがいい、祐希。海か、山か。遊園地でもいいな」

どうする？と首を傾げる宏輝さんに、私はとても北園さんのことを言う気になれなかった。

北園華月さんは、私が思っていたような人ではなかった。インタビューなどを通して知っていた彼女は、医師としての使命に邁進し、婚約者のことを大切にしている素敵な女性だった。でもあの電話で伝わってきたのは、自身の地位に腐心する執念深い感情だけ。

「……茉由里？」

心配げな声に、ハッとして微笑む。

「大丈夫、楽しみにしてます」

そう答えてしまって慌てて下を向く。いいはずがない、私はまだ身を引こうとしているのに……。

宏輝さんがうれしげに私を抱きしめる。

「少し素直になってきたな。意地っ張りめ」

耳もとで囁かれ、甘く耳殻を噛まれる。ゾクッとした快楽が背中を伝い、困って彼を見上げれば宏輝さんは喉もとで楽しげに笑った。

忘れるべきだ、と思う。北園華月さんのことだ。

宏輝さんにふさわしい女性が私の他にいるという考えは、変わらず腹の底で燻《くすぶ》っている。けれどもう北園さんに関しては思い悩まないほうがいい。きっと宏輝さんは北園さんをパートナーには選ばないだろう。祐希のことをこんなに一心に愛してくれる彼が、子どもを道具としかみなさない女性を選ぶとは思えない。

思えないのに、想像してしまう。ビジネスが絡む結婚である以上、それくらいドライなほうがいいと判断することもあるんじゃないかとか、宏輝さんも冷徹な一面があるから馬は合うんじゃないかとか、そんなどうしようもない想像だ。

もしそうなっても、宏輝さんは私たちを見捨てはしないだろう。出ていけとも言わないはずだ。このタワーマンションの最上階で私と祐希は生きていくのだ。彼が帰ってこなくなった、この部屋で……。

想像するだけで苦しくなって、宏輝さんが長引く手術で病院に泊まりになったある夜、私はこっそりとふたつの指輪を薬指につけてみる。そしてなんの不安もなく幸せだったあの頃とまったく変わらず彼を愛しているのだと、はっきりと自覚した。

「宏輝さん……」

自覚すればするほど、考えがごちゃついて自分がよくわからなくなる。

最初に身を引いたのは、宏輝さんと上宮病院、そして患者さんのためだった。ただこれは、宏輝さんいわくすべて解決しているらしい。

そして今、彼を受け入れられないのは、離れている二年間で自分が彼にふさわしくないと身に染みてわかったからだった。なにも彼に返せない私。

なのに彼が迎えに来てくれて、こうして守られていると、どんどん理性が恋慕で麻《ま》痺《ひ》してくる。

このまま彼のそばにいたい、彼の妻として生きていきたいって。わがままだとわかっているのに、そう思ってしまう。

思考は完全に袋小路で、私にはどうしたらいいのかわからない。

そんな不安定な精神状態が祐希にも伝わるものなのか、はたまたそんな時期なのか、夜まとまって眠るようになってきていた祐希が夜泣きをするようになった。

普段激務な上にあまり眠れないだろう宏輝さんを起こしてしまうのが嫌で、寝室から抱っこして抜け出そうとするも簡単に捕まる。

「最近こうなのか？」

「……うん」

仰け反って泣く祐希を受け取って、宏輝さんがとんとんと背中を優しく叩く。しばらくすると泣き疲れたのか、すとんと落ちるように再び眠った。

「あの、宏輝さん。起こしてしまうの申し訳ないから、別の部屋で寝ない？」

「俺に死ねと言ってる？」

宏輝さんは祐希を子どもベッドに寝かせたあと、私をベッドに引きずり込みぎゅっと抱きしめて言う。

「茉由里が近くにいないと安眠できない」

「でも……」

「おやすみ、茉由里。心配するな。夜に起きることには慣れているんだ」

私は宏輝さんの体温にうとうとしながらも、やはりうまく眠れなくて……。

そんな日々が続いていた六月半ば、ぴかぴかに磨き込まれた窓に大雨が打ちつけるそんな日。

マンションに来てくれていたお手伝いの尾島さんと一緒に、祐希のおやつに豆腐蒸しパンを作ろうとして、キッチンで目眩《めまい》を起こしてしまった。床に座り込み、くらくらして吐き気すらする。どうしよう、なんとかトイレまで……。

「茉由里ちゃん！　大丈夫？」

「だ、大丈夫です。あはは」

苦笑して立ち上がろうとするのに、ひどい船酔いのようになって立ち上がることができない。

「き、救急車」

「大げさです、尾島さん……」

「なに言ってるの、そんな顔色をして！　……茉由里ちゃん、茉由里ちゃん⁉」

尾島さんに名前を呼ばれながらも、私は視界が真っ黒になっていくことに抗えない。

目を覚ますと、消毒液の匂いがした。

「どこ……？　祐希……」

夢うつつ、うまく動かない舌で祐希を呼ぶ。尾島さんがいてくれているから、きっと大丈夫だとは思うけれど……。

「茉由里」

お母さんの声に目を向けると、心配そうに眉を寄せたお母さんが私の髪を撫でた。

そこでようやく、ここが病室なのだとわかった。点滴のチューブが視界で揺れる。

けれど、それにしては豪奢だ。昔、宏輝さんに連れられていった高級ホテルの部屋みたいに広いし、照明も凝っているし、テレビも大きい。閉まっているカーテンも上質なものだと一目でわかる。点滴を除けば唯一、リクライニング機能付きのベッドにある転落防止の柵だけが病室らしいものだった。

「目が覚めた？ 祐希は尾島さんが見てくださってるわ」

「そうなの。ありがとう」

室内を見まわし、どうやらもう日が暮れているとあたりをつける。

「私、どうして……」

「疲れがたまっていたそうよ。大したことはないみたい。明日まで入院だそうだから、よく寝ておきなさい。それで……」

「茉由里！」

勢いよく開かれるスライドドアに、ああこれも病室らしいなと思う。宏輝さんは紺色のスクラブ姿で、はあはあと肩で息をしていた。

「宏輝さん……」

身体を起こそうとした私を、お母さんが押しとどめた。宏輝さんが大股で部屋に入ってくる。すとんとベッド脇の椅子に座り、大きく息を吐いた。

「君が倒れたと聞いて……生きた心地がしなかった……」

見れば、宏輝さんの指先は細かく震えていた。ハッとして頭を下げる。心配をかけてしまった。

「ご、ごめんなさ……」

「君が謝る必要はない」

そう言いながら宏輝さんは私の手を握り、お母さんに頭を下げる。お母さんは微かに笑って立ち上がる。

「おうちにお邪魔するわね。今晩は祐希は見ておくから、ゆっくり休むのよ、茉由里」

「……うん」

さすがに遠慮するわけにもいかずお願いする。お母さんは頷いたあと、宏輝さんを見た。

「宏輝さんも、休めるようなら休んで。今の今まで手術をしていたんでしょう？　半日以上かかったと聞いてます」

「松田先生。大丈夫です、慣れているので」

綽々とした様子で言う宏輝さんを思わず見つめた。

半日以上もの手術……！　一分どころか一秒すらも休む間なく、立ちっぱなしで全神経を集中させていたはずだ。

お母さんがカラカラとドアをスライドさせ出ていったあと、私は慌てて宏輝さんを見上げ口を開く。

「こ、宏輝さん。疲れているでしょう？　私は大丈夫らしいから、帰って休んで……」

宏輝さんは眉を上げて首を横に振る。

「馬鹿なことを言うな。無理だ、帰宅しようが君のことが気にかかって眠れない」

そうして、私の額にこつんと自分のものを重ね、掠れた声で言う。

「ここにいさせてくれ」

「……ん」

返事をすると、宏輝さんは目を細めて私の頬にキスをする。そうして私の顔を覗き込み、頬を指の腹で撫でながら、慈しむ目線で見つめてくる。

「宏輝さんは……」

私はぽつり、と呟くように言う。

「どうして私なんかのことが好きなの？」

「君が茉由里だからだ。それ以外に理由はない。ただ」

宏輝さんはそう言い切ってから、少しだけなにかを思い出すような目をして続ける。

「ただ……あえてきっかけというのならば。八歳だった俺がひとりで泣いているとき、茉由里、君に救われた」

「……え？」

当然、記憶はない。私は目を瞬く。宏輝さんはふっと笑った。

「初めて君と会ったときだ。あのとき、俺は濡れ縁で泣いていた。母親が恋しくて仕方なかったんだ。そこに松田先生に連れられた君が来た。君は俺が泣いていると気がつくやいなや走って俺のところまでやってきて……小さな手で一生懸命に俺の頬を拭ってくれた。こんなふうに」

宏輝さんは私の頬を柔らかく撫でる。

「『だいじょうぶだよ』って何度も言いながら……つい抱きしめてしまった俺に、君がキスした。君からキスしたんだ。頬にだけれど……」

宏輝さんは私の頬にキスを落とし、微笑む。

「それから俺が自己紹介したら、名前を呼んでくれた。『こーきくん』って、舌足らずに……昨日のことのように覚えてる」

「……知らなかった、そんなの」

「聞かれなかったからな」

さらりと答えて、宏輝さんは私の髪をさらさらと撫で、そっと微笑む。

「なあ、茉由里。俺の名前を呼んで」

「……宏輝さん」

「もう一回」

「宏輝さん」

呼んだ瞬間、後頭部と背中に手をまわされ、彼の固い体に押しつけられるように強く抱きしめられる。

「茉由里……っ。すまない、俺が余計なことをしたせいで眠れなかったんじゃないか？」

「そんなこと……」

「本当は、迷った。あのまま君たちが京都で幸せに暮らしていくのを見守ったほうがいいのかとも思った。けれど、離れているだけでも胸が苦しいのに、君に他に想う男ができたら？　そいつと幸せに暮らすのを俺はただ黙って見ているだけなのか？　無理だ。そんなことになったら、俺は死ぬと思う」

「宏輝さん……」

そんなことあるはずがないのに。

なんとか口にしようとする間に、彼は次の言葉を紡ぐ。

「すまない茉由里」

宏輝さんの腕に力がこもる。

「俺には、とてもそんなこと、受け入れられなかった」

宏輝さんの声が低く掠れる。

「すまない、俺の事情に、エゴに巻き込んで。ただこれだけは信じてほしい。今の俺はすべてを守る自信がある。それだけの力をつけたと自負してる。だから――だから」

宏輝さんはほんの少し腕の力を緩め、私の顔を覗き込んだ。

「だから、茉由里。君は俺に守られていろ」

「……宏輝さん」

「君が君でいること、そばにいてくれること、ただそれだけで俺は強くなれる」

真剣な瞳に、射抜かれた。

思わず息を呑みながら、彼が全身全霊で私を必要としていることを納得する。

釣り合わないとか、ふさわしくないとか、そんなものを超越して……彼は私を求めていたのだと。

どうして私は、子どもは道具でないことを理解しておきながら、伴侶はそうではないと考えていたのだろう。利用するものだと。

そんなはずないのに。

ただお互いを慈しみ睦み合うことができれば、それはきっとなににも勝る幸せ。

「茉由里、愛してる」

宏輝さんが蕩けるような笑みで言う。ただここに私がいることが幸福なのだと、そう言われている気がした。

「宏輝さん」

私は彼の背中に震える手をまわす。そうして何度か息を吸い、小さく口にした。

「私も、です」

思った以上に声は震え、小さかったけれど……宏輝さんの肩がびくっと動いた。

「私も、好き。大好き」

すうっと息を呑み、続ける。

「愛してる……っ、んん……っ」

唇が奪われた。重なり合う唇、口内を蹂躙《じゅうりん》していく彼の舌が私のものと絡み、執拗に擦り合わされる。

「茉由里、茉由里……」

唇を重ねたまま、宏輝さんは私を呼ぶ。

私はただ彼に身を委ねる。

……ずっと、私、宏輝さんをみくびっていた。私の基準で考えていた。

「宏輝さん、聞いて。あのね」

まだ唇の皮一枚が触れ合っているほどの距離で、私は話す。宏輝さんの吐息がなまなましい。

「私、宏輝さんをみくびってた。ごめんなさい」

謝る私に、宏輝さんは不思議そうな顔を見せる。

「宏輝さんは私と祐希を守るのなんて余裕だったんだ。なのに私は勝手に逃げてた。あなたを軽んじてた。私がすべきことは、ただ」

ひとつ息を吐いてから、続けた。

「あなたを信頼することだけだったのに」

早織さんから話があった時点で、相談するべきだった。そばにいるのが危険だったのなら、彼と話をして遠くへ行くべきだった。それこそ海外でも、どこでも。

宏輝さんは笑う。

「茉由里が俺をみくびってるのなんか、まったく気にならない。それくらいも受け入れられない男だとでも？　俺は君がそばにいれば、それだけで世界でいちばん強くなれるんだから」

朗らかに笑い、宏輝さんは告げる。

ありとあらゆる私を、清濁全部合わせて呑み込んで慈しんで愛してくれる彼に、なにも返せないからふさわしくない、なんて思うのはやめよう。

返せるものはたくさんある。

それは愛情であったり、微笑みであったり、温もりであったり、色々だろう。私は私のできることをしていけばいい。

「遠まわりして、ごめんなさい」

謝る私に触れるだけのキスをして、宏輝さんはそっと身体を離す。

「……これ以上触れていると、我慢できなくなりそうだから」

「私も」

素直に言うと、宏輝さんはものすごく珍しく頬を赤くして、それを隠すように口もとを大きな手で覆う。

「……あまり煽《あお》るのはやめてくれないか」

「ごめんなさい」

宏輝さんは私の顔をまじまじと見て、それから大きく幸せそうに笑った。

昔、なんの不安もなく睦み合っていた頃の、朗らかな優しい笑顔だった。

きっと私も、同じ笑みを浮かべている。

【四章】　取り戻した幸福　side宏輝

茉由里が倒れ運ばれた病院で再び気持ちを分かち合った夜。茉由里から『北園さんから電話があったの』と申し訳なさそうな顔で告げられた瞬間、自分自身への怒りで頭が沸騰するかと思った。

なにが『君は俺に守られていろ』だ。接触させているじゃないか……！

「どういうつもりだ」

訪れた北園会の本院で、白衣姿の北園華月は表情を変えない。ただ肩を軽くすくめるような動きをしただけだった。

「馬鹿にしているのか？」

「まさか。ただ理解できないだけ。どうしてお互いにこだわるの？」

呆れて言葉も出ない。

「茉由里が俺の運命だから」

「運命」

北園華月は目を丸くして、身体を丸めて笑いだす。

「運命！　そんなものないわ」

「そうだな。あなたにはなさそうだ」

俺の答えに北園は本当に楽しげに笑った。

「だってあたしだって、かつて運命を信じたことがあったのだもの」


北園と会ってすぐに、俺はかねてより公言していた北園会の不正の公表のために動き始めた。

そして同時に、茉由里と再び婚約した。本当はすぐにでも結婚したかったが、もう少し待ちたいという彼女の希望を呑むことにしたのだ。再び心を開いてくれただけで幸福なのだ、焦ることはない。

『あなたが祐希を愛してくれているのはわかってる。でも離れて見守るのと、実際に一緒に暮らすのは全然違ったでしょう？　あなたと祐希が一緒にいることが本当にふたりにとって幸せなことなのか、もう少し見守らせてほしいの』

まったくの正論で、言い返す言葉がなにもなかった。結局のところ、千の言葉を尽くすよりもひとつの行動なのだ。少なくとも育児においては。

そんなわけで、まずは茉由里と祐希との家族旅行を成功させなければならない。

どこでもいい、という茉由里から希望を聞き出し、俺が決めた行き先はグレートバリアリーフで有名な、オーストラリアのケアンズだった。

本当は新婚旅行で訪れるはずだった土地。

あのときの純粋な恋心と、今茉由里に抱く感情は少し違う。もっと重たく、より深くなった。

飛行機で祐希が泣くのではないかと茉由里があまりに心配するから、プライベートジェットをチャーターすることにした。株でちょっとした儲けが出ていたからタイミングがよかったのだ。

茉由里は俺をよく御曹司扱いするけれど、こうやって小金を稼ぐ一般家庭的な感覚も持ち合わせているアピールがしたかったというのもある。

「ちなみに飛行機、いくらかかったの」

「知り合いの会社だし、往復だからかなり割引してくれた」

「そうなの？」

「燃料込みで、四千万」

……しばらく茉由里が口をきいてくれなくなったから、次からは相談してからにしようと思う。

しかし結果的には、祐希は飛行機でまったくぐずらなかった。小児科と耳鼻科の同僚にさんざん耳抜きのレクチャーを受けていたから少し拍子抜けではあったけれど、まあふたり目三人目には必要になるかもしれないしな。

七時間と少しのフライト後、さまざまな入国手続きを最速で終わらせることができるよう手配していたこともあり、スムーズに空港を出ることができた。ここから手配しておいた車で、宿泊予定のホテルに向かうのだ。

「海外なんて、久しぶり。宏輝さんにニューヨークの動物園に連れていってもらって以来」

俺が運転する車内、後部座席でそう言って笑う茉由里の服装は、南国を思わせる鮮やかなブルーのロングワンピースに薄手のカーディガン。

南半球にあるオーストラリアの八月は真冬にあたるとはいえ赤道に近いこともあり、今の時期の東京に比べれば過ごしやすい。ホノルルよりも赤道に近い、と言えば暑さが伝わりやすいかもしれない。

とはいえ朝晩は肌寒くなることもあり、寒がりな茉由里には羽織ものも用意してもらっていた。

そんな彼女の左手薬指には、ふたつの指輪。永遠と無限の愛を誓うそれは、彼女の指できちんと輝いている。

茉由里の横、チャイルドシートに行儀よく座る祐希は水色のシャツに半ズボンのチノパン。俺は同じ系統のシャツにチノパンで、いわゆる親子コーデというやつだった。

当日までこんな服を用意されていたとは知らず、うれしすぎて何枚も写真を撮ってしまっていた。

茉由里からもきちんと父親として認められつつあるのかなと、ついつい上機嫌になってしまう。

「んー……」

唐突に祐希がむずがり始める。

「どうしたの？」

「んー、まう、うてぃこてぃちゅあ！」

祐希なりに一生懸命にしゃべる。なんと言っているかはわからないが、なにが言いたいのかはわかる。バックミラーを確認すると、真剣な顔で、チャイルドシートのベルトを外そうとしているのが見えたからだ。

小さい手で外せるはずがないのに、黒いシートをむんずと掴もうとしては失敗し、足をばたつかせ暴れて身体をよじろうとする。愛くるしい動きだ。

「ああもう、祐希。こら。乗ってなきゃだめなの、危ないの」

「んー、きゃうー、どっどぅあ」

「そうだねー、でもね、もしお車どーんしたら、痛い痛いだからね」

茉由里はしばらく話し続けるけれど、祐希の癇癪《かんしゃく》は増していくばかりだ。

そういえば日本ではほとんど車に乗らない。最初チャイルドシートに乗せてもおとなしかったのは、物珍しかったからだけらしい。

子どもらしい大きな声で「きゃーー！」と喚き始める祐希に、ちらっと俺のほうを覗った茉由里が申し訳なさそうな顔をする。

「茉由里？」

「っ、あ、ごめんね運転してくれてるのに。もう祐希、ほら、泣きやんで」

「違う違う。茉由里、あのな。なんで君がそんな顔をするんだ」

「……え？」

「祐希は泣いてるけど、誰にも迷惑かかったりしてないだろ、今。そんなふうに申し訳なさそうな顔をする必要はない」

「でも、宏輝さん……」

「俺も祐希の親なんだから」

茉由里が目を瞬く。それからふにゃりと眉を下げた。

「……ありがとう」

「ん」

お礼なんていらないのに、と思いながらアクセルを踏む。

ホテルはケアンズのマリーナの眼前にあった。車の窓から港湾を見て、ようやく祐希の機嫌が直る。

ホテル前でスタッフにキーを預け、案内されて部屋へと向かう。気に入ってくれるといいのだけれど。

「わー！　綺麗……！」

マリーナを抱くように眺めることができるバルコニーから、茉由里のはしゃぎ声が聞こえる。

俺は祐希を抱っこしたまま彼女に近づく。

コバルトブルーの港湾に、白いヨットがいく艘も浮かんでいる。冬のいくぶん柔らかな日差しがそれらを煌めかせていた。

「宏輝さん、見て、すごく海が透明。グレートバリアリーフが近いんだから、それはそうか」

「楽しみだな」

再会してからいちばんはしゃいでいる茉由里がかわいすぎてこめかみにキスをする。

ハッとしたように茉由里が照れて視線をうろつかせた。

茉由里がはしゃいでくれるのがうれしい。茉由里が甘えてくれるのが誇らしい。きちんと伝わっているんだろうか？

本格的な観光は明日からにして、今日はのんびり過ごすことになっていた。

茉由里と祐希の体調を考えてのことだ。時差こそ一時間程度だけれど、やはり慣れない飛行機は疲れるだろうから。

「このホテル、パティオやプールもあるんだね。あとでお散歩に行こうか」

茉由里がにこにことトランクを開きながら言う。

時計を見れば午後三時。ふむ、と少し考えてから提案する。

「その前に、休憩がてらアフタヌーンティーを部屋に頼もうか」

寝室の大きなベッドの上におもちゃを広げていた祐希と茉由里に声をかけると、茉由里が目を輝かせた。

「夕方から中庭やロビーでイベントをするみたいだから、散策はそのときにしよう」

フロントに連絡をすると、すぐさまアフタヌーンティーがバルコニーに用意された。夕方に近づきつつあることもあり、海風が爽《さわ》やかだ。潮の香りに混じって、濃厚な茶葉の香りがする。

「おいしそう！」

座り心地のよい籐《とう》の椅子に座る茉由里が眉を下げて俺を見つめる。祐希は俺の膝の上だ。人見知りをしない子だと思っていたけれど、実際はそうでもない。俺にすぐ懐いてくれたのは、やはり茉由里が写真を見せてくれていたのが大きかったのだと思う。なんのためらいもなく『パパ』と言ってくれるのが、どれだけ幸福なことか。

「……でもあのね、宏輝さん、その。アフタヌーンティーのマナー、私、知らないの。以前に婚約したとき、レストランでのテーブルマナーやパーティーマナーは勉強したのだけど」

知らないことを知らないと言えるのが、どれだけの美徳なのか茉由里はわからないのだろう。ずっと真正直に生きてきたのだ。

「いいの？」

俺は微笑んで「好きに食べたらいい」と答える。

「家族しかいないんだから」

「でも、これからそんな場にお邪魔することもあるかもしれないじゃない……」

アフタヌーンティーは盲点だった、と茉由里は肩を落とした。

俺は茉由里が〝俺とのこれから〟を考えてくれていることがうれしくて仕方ない。

どうかこのまま、結婚を、それから俺との将来を受け入れてくれるといいのだけど。

「苦労をかけてすまない」

「え？」

「俺と生きなければ、社交の勉強なんかしなくてよかったことだろう？　今の時点ですでに色々つらい思いをさせているのに」

「……頑張るって決めたんだもの」

はにかむ茉由里が愛おしい。ぐっと唇を噛んで手を握った。

「コーヒーなら、すっかり詳しくなったんだけどね」

「茉由里のコーヒー、うまいもんな。でも今日はマナーなんかいいよ、茉由里。俺はこの旅行、君にリラックスして楽しんでもらいたいんだから。マナーの勉強なんか帰国してもできる。今しかできないことをしよう」

茉由里は目を瞬いて、それから微笑んだ。

「そうしよっか。ああ、このサンドイッチおいしそう！　きゅうりたっぷり！　あ、先に紅茶か。ミルクインファースト？」

それくらいは知ってるの、と茉由里が微笑む。俺は頷いて、茉由里がティーポットから紅茶を注いでくれている間に、祐希をチャイルドチェアに座らせた。

「ケーキはまだだめだよ、祐希。ほらこれおいしそう」

茉由里がクロテッドクリームをつけたスコーンを祐希の皿に置く。ひとくち食べて気に入ったらしい祐希は、もぐもぐとスコーンを平らげていく。ぽろぽろと食べかすがこぼれるのがまたかわいらしい。

「おとなしいうちに、私たちも食べようか」

祐希を見て細められた茉由里の目には、深い深い愛情が浮かんでいる。頷いてミルクティーを口に運ぶ。

「うまい」

茉由里も「おいしいね」と紅茶を飲んで微笑む。爽やかな潮風が吹き、穏やかな時間が流れる。

とても幸せだと、そう思う。

夕方からのホテルのイベントは、ケアンズ市内で開催されているフェスティバルに合わせたものだった。日中はさまざまな屋台や移動遊園地などのイベント、夜はプロジェクションマッピングなどもある。

ホテルでもそれに合わせ、夕方から夜にかけてプロジェクションマッピングを中心とした参加型のイベントが行われていた。

床を泳いでいく投影された魚や鳥を追いかけ疲れた祐希は、夕食後すぐにすやすやと眠ってしまった。

「楽しかったみたい」

ベッドで眠る祐希の頬をつつき、茉由里が優しい声で言う。俺も祐希の頭を撫でた。子どもらしく少し体温が高い、まだ小さな身体。

愛おしくてその頭に口づける。

そして微笑む茉由里の頬にも、髪にも、こめかみにも、唇にも触れる。

「ん……」

「おいで、茉由里」

俺は茉由里を抱き上げ、リビングへと向かう。ベッドソファに座り、自分の膝に乗せてさらさらと髪を梳《す》くと、気持ちよさそうに茉由里が目を細めた。

溢れる愛おしさと切なさに胸をかきむしりたくなる。そうしなければ、幸福で心臓が破けてしまいそう。

「ずっと君に恋してるんだ」

俺は彼女の頭に鼻を寄せて言う。不思議そうに茉由里が首を傾げた。

「君に恋し続けている。恋に落ち続けているんだ」

どんどん深くなる感情。君に落ちていく俺。

そっと形のいい耳殻に唇を寄せる。軽くキスをしたあと舌で溝を舐めると、茉由里の呼吸が微かに上ずる。なだめるように背中を撫でながら、かわいい耳をもてあそぶ。

茉由里の耳の外側には、ダーウィン結節というほんの小さな突起がある。進化の過程で残された、よくよく見ないと気がつかないそれが昔からかわいくて、甘噛みして口内で舌でよしよしと撫でる。

「ふぅ……っ」

茉由里からこぼれた甘い声に、内心舌なめずりをする。執着が欲望と入り混じり、もはや自分でも制御できない情動となっていく。

耳の裏を舐め、外耳に舌を挿れる。同時に茉由里を抱きしめて、硬くなった昂ぶりを彼女の腰に押しつけた。

どれだけ俺が彼女に欲情しているか伝えなくては。背骨を腰から指先で撫で上げながら、自分からこぼれているとは思えない糖度の高い声で言う。

「茉由里、かわいい」

とたんに茉由里が肩を揺らし、耳まで赤く染める。正面を向くように抱きかかえ直し、華奢《きゃしゃ》な茉由里の手の甲の骨……中手骨を指の腹で撫でさする。

指と指をゆっくりと絡め、手のひらを指先でくすぐった。ふふ、と笑う茉由里の声は、くすぐったさと快楽と半々くらいの色を滲ませる。手のひらから手首にかけて親指の腹を滑らせ、撓骨《とうこつ》動脈を感じながら呟く。

「こんなに細いのに、片手で祐希を抱っこできるんだからすごいよな」

「ん？　だっていきなり一歳の祐希が現れたわけじゃないもの」

柔らかな雰囲気で茉由里は告げる。二九六五グラムの祐希を産み、ここまでひとりで育ててきた母親の言葉だった。そっと微笑む。ここからは俺も一緒だから。

「もっと重くなるだろうなあ。俺の背が高めだから、あっという間に君よりでかくなるかも」

「楽しみだなあ」

ちっちゃい祐希がいなくなるのは寂しいけど、と茉由里が笑った。

その笑っている茉由里の手首を掴み、自分の口もとに持っていって唇を押しつける。驚いた様子で首を向けた茉由里の目を見ながら、そのままべろりと動脈のあたりを舐める。

「あ……」

「女の子も欲しいな」

「え」

「まだ、もう少し先だろうけど」

皮膚を甘く噛む。とろんとした茉由里の瞳に官能がちらつく。

俺はふっと笑ってから、手のひらや爪にもキスをして、それから嫋《たお》やかな指を舐める。手を引こうとした茉由里の手首を掴み、中指を舌で包むように舐め、爪と肉の間を舌先でつつき、指全体を口内におさめてちゅっと吸う。

その間も、茉由里から目を離さない。寄る柳眉は官能のためだろう。指と指の間を丹念に舌で擦ると、ああ、と茉由里が情欲と困惑たっぷりの声を漏らした。

たまらなくなり、後頭部を引き寄せるように唇を重ねる。わななく唇を割り広げ、口内を貪る。震える舌を噛んで吸い上げた。

力を抜いてただ俺に身を任せ始めた茉由里のうなじにキスを落とす。ソファ前のローテーブルに置いておいたカバンを引き寄せると、茉由里は不思議そうに俺を見た。そこからベルベットのアクセサリーケースを取り出すと、茉由里が目を瞬く。

「似合うと思って」

俺はケースから華奢なバロックパールが連なったネックレスを取り出す。驚いている茉由里の首につけてやると、小さく彼女の口が開く。

唇に指を押しつけて「遠慮の言葉ならいらない」と念押しすれば、茉由里は眉を下げたまま、ただ花開くように笑う。

「ありがとう」

「ん」

ヴィンテージデザインのパールネックレスは、今日の茉由里の装いによく似合う。鮮やかな海のようなワンピースに煌めくパール。海に揺蕩《たゆた》う泡のようにも見える。

「素敵。海の泡みたいで」

そっと指先で触れた茉由里が、俺と同じ感想を漏らす。微笑んで抱きしめ直し、頬にキスをした。

海の泡から、ふと人魚姫を連想する。茉由里が泡になってしまったら俺も死ぬだろうな。まああの馬鹿王子と違って、俺はすぐに彼女が自分の運命だと気がつくだろう。

実際に気がついた。

最初に会った瞬間から、茉由里が俺の唯一だとちゃんと見抜いていたんだ。子どもにだって運命くらいすぐわかる。

「愛してる」

鼻先でうなじから首筋をくすぐる。あえかな声で笑う茉由里が身を捩り、首筋を舐め上げればすぐに力が抜ける。

うなじを指で撫でてから、ワンピースのファスナーをゆっくりと下ろしていく。インナーも脱がせ、俺の膝の上にいる茉由里が身にまとうのはレースたっぷりのホワイトパールの下着と、バロックパールのネックレスだけ。

真っ白な彼女の肌に、長い髪がひとふさかかる。羞恥《しゅうち》で、あるいは官能で、白い肌がうっすらと朱色をはく。あどけなささえ覚える唇だけが鮮やかに赤い。

鎖骨を軽く噛む。茉由里が小さくみじろぎした。

柔肌にキスを繰り返し、跡をつけては熱く息を吐く。細い腰を撫で背骨をひとつひとつ数えるように撫で上げ、ブラジャーのホックを外す。

恥ずかしそうに茉由里は俺の肩に手を置き、長いまつ毛を伏せて目を逸らす。目もとにキスをしてブラジャーを外させると、膨らみの先端が芯を持っているのがわかる。

指で、舌で、茉由里の身体をほぐしていく。俺に触れられるたび色づく身体をたっぷりと堪能したあと、ソファに横たわらせた。

自分の服を下着ごと脱ぎ捨て、カバンからゴムを取り出し包装を指と歯で破る。

恥ずかしそうに合わされた膝頭を開き、昂りをあてがうと茉由里がこちらに手を広げてくる。

「大好き」

そう言って浮かぶ微笑みに、心臓が割れたかのようなときめきを覚える。

俺は遠慮なく彼女をかき抱きながら、熱い泥濘《でいねい》に屹立を埋め、低い声で愛おしい人の名前を呼んだ。

差し込む朝日で目が覚めた。時計を見ると午前七時過ぎ、予定より少しばかり寝すごしてしまっていた。

ごろんと横になり、眠る茉由里と祐希の寝顔を見つめる。祐希は信じられないほど俺にそっくりだけれど、寝顔は不思議なことに茉由里そっくりだ。

レースカーテン越しの白く清らかな日の光に照らされるふたりをしばらく見つめる。永遠にだって見つめていられるけれど、残念ながら予定の時刻が迫っていた。俺としては寝かせていてもいいのだけれど、きっと茉由里にあとで怒られるだろうから。

「起きろー、ふたりとも！ 船に乗るぞ！」

寝ぼけ眼で目を覚ますふたりの表情も、たまらずまとめて抱きしめてしまうほどにそっくりだった。


朝食はフレッシュフルーツや野菜たっぷりのビュッフェスタイルを選んでいた。旅行という感じがするし、茉由里が好きなのだ。

席はオープンテラスで、海と南国風の庭が眺められる。隣の席との間隔も広々としていて、のんびりした雰囲気が漂っていた。

祐希用の乳幼児用シリアルは頼んであったため、アップルジュースと一緒にウェイターがテーブルにサーブする。

「茉由里はどうする？ 先に取ってくるか？」

「祐希がシリアルを食べられるか心配だから、私あとでもいい？」

「もちろん」

そのほうがゆっくり選べるだろう、と特にこだわりのない俺はベーグルサンドふたつとコーヒーを取って戻る。祐希にシリアルを食べさせていた茉由里が目を丸くした。

「宏輝さん！　こんなに色々あるのにそれだけでいいの？　気を使ってない？　ゆっくり選んでいいんだよ」

「外食だと、いつもこんなだろ、俺」

「そうだけど……私の作るご飯は時間をかけるくせに」

「茉由里の手作りはゆっくり味わうに決まってるだろ」

俺はベーグルサンドをもぐもぐと食《は》みながら茉由里からスプーンを受け取る。

「ほら、行っておいで。ギュウシンリとタマリロとフィジョアが置いてあったぞ」

「どれもわかんないよ！」

茉由里が皿を手に歩いていくのを見つつ、祐希の口にシリアルを運ぶ。パクッと食いつくのを見れば、幸いなことに気に入ってくれているらしい。

「えらいぞ、なんでもよく食うなお前」

褒められているのがわかっているのかいないのか、はたまたシリアルに集中しているのか、祐希はやけに難しい顔をして口を動かす。

アップルジュースもこくこくと飲み、けれどその間も難しい顔をしていた。

「祐希？」

不思議に思い話しかけるも、表情は変わらない。

ややあって、トレイいっぱいにドーナツやサラダ、フレッシュフルーツをのせて帰ってきた茉由里を見つけ、祐希の顔が緩む。緩んでそのまま泣きだした。

「ゆ、祐希？」

茉由里が慌てて椅子から祐希を抱き上げた。「マーマ！」と言って茉由里に抱きつき泣く祐希は、どうやら茉由里がいなくなって不安になってしまっていたらしい。ずいぶん懐かれていると思っていたけれど、まだまだらしかった。

「祐希、悪い。寂しかったのか、いい子すぎて気がつかなかった」

「あ、パパ、祐希がいい子だったって言ってるよー。よかったね」

茉由里の膝であやされ、ようやく祐希が泣きやむ。手を伸ばして頭を撫でた。

「ごめんな、祐希」

そう言えば、祐希は目を瞬いてから茉由里に抱きついて、はにかんだ笑顔を見せる。これは僕のママだよ、と自慢しているような表情がたまらなくかわいらしい。

「よかったなあ」

茉由里が帰ってきたことで落ち着いたら、祐希は自らチャイルドチェアに座りたがった。

シリアルを再開しようとスプーンを持つと、茉由里が慌てたように「宏輝さん」と俺を呼ぶ。

「いいよ、私あげるから。先に食べて」

「いや、ベーグルサンドだし片手でいいから」

「でも……」

「普段、俺、あまり家にいないだろ。その間茉由里が世話してるんだから、休みの日は俺がやるよ」

そう伝えてから続ける。

「それに少し時間をあけてから会うと、かわいさが違うんだ。かわいいのは同じなんだけれど、よりかわいく感じるというか」

茉由里が不思議そうな顔をしている間に、俺は祐希にシリアルを再び食べさせ始める。

茉由里は「無理しないでね」と微かに笑い、自分も皿の料理に手をつけ始めた。

ローストビーフやオムレツといった日本でもよく見かけるものから、数種類のグラノーラや燻製《くんせい》ハム、パンなどを少しずつ、けれど種類はたっぷりと選んだようだった。

「これなんだろう?」

茉由里がカクテルグラスを俺に向ける。グラスには細かく砕かれた氷の上に、白いとろりとした果肉がある。

「これがギュウシンリだよ。今が旬らしい」

「へえ？」

どんなものかな、とひと口食べた茉由里が目を丸くする。

「おいしい……！ アイスクリームみたい」

「へえ。ひと口くれ」

俺は祐希みたいに口を開ける。茉由里がぽかんとしたあと、頬をこれでもかと赤くする。

「そ、そんな。宏輝さん」

「いいだろ？ ほら」

左手にベーグルサンド、右手に祐希のスプーンを持っているのを掲げてみせる。

「俺も食べてみたい、その甘い果物」

「も、もう……」

茉由里は「すぐからかうんだから！」と唇を尖《とが》らせつつも、俺にひと匙《さじ》の果肉を食べさせてくれた。

はからずも「あーんして」の恩恵にあずかることのできた俺は大満足でそれを口に

する。

「うん、うまい」

味がどんなものかわかる前にそう口をついてでたけれど、嘘じゃない。茉由里に食べさせてもらったものがまずいはずがない。

「ほんと？　おいしいよね、日本でも食べられるのかなあ」

「家の近くの輸入食品スーパーに行ってみるのはどうだ？　台湾《たいわん》なんかでもよく食べられているらしいから、輸入されているかも」

「わ、いいね。行ってみよう」

ワクワクした表情が茉由里に浮かぶ。

きっと茉由里は知らないと思う。気がついていないはずだ。彼女の表情が、雰囲気が、少しずつちょっとずつ、以前の……なんの障害もなく付き合って婚約した頃のものに戻っていっていることに。

信頼に満ちた目。

俺が最も欲しかったものが目の前にあって、この幸福をどう表したらいいのかまったくわからない。

今日向かうのは、グレートバリアリーフに浮かぶ小さな島だ。

「正確には、砂州らしいが」

ケアンズの港を出た高速艇が、潮風を切り走る。塩味さえついていそうな濃厚な海風だった。抱っこされている祐希が気持ちよさそうに目を細めた。そんな祐希の髪の毛を整えてやりつつ茉由里が言う。

「さす？ ああ、砂に州？ 川なんかにできてるやつだね」

茉由里の白いティアドロップ型のワンピースが潮風にたなびく。首もとで光るのは、昨日プレゼントしたバロックパールだ。

彼女が俺が贈ったもので身体を装うたびに、なんとも言えない満足感で胸がいっぱいになる。きっと独占欲の一種なのだろうけれど、それだけではないような気もする。

「そうだ。白砂や、白く砂状に砕けた珊瑚の死骸《しがい》でできているらしい」

縦こそ四百メートルほどあるものの、幅は一メートルもない。そんな小島はグレートバリアリーフ観光の拠点であり、同時に海鳥のオアシスでもあった。

小島が見えてきたあたりで高速艇からミニボートへと乗り換える。この船では浅瀬まで入ることができないためだ。

「うわあ……」

祐希をぎゅっと抱きしめて、茉由里が目を輝かせる。

透明で鮮やかなブルーの海に浮かぶ白い砂浜。引いては寄せる波、潮騒が耳に心地よい。

ボートが着岸すると同時にカツオドリが何羽も飛び立つ。黒い体にミントグリーンの嘴《くちばし》が目に鮮やかだった。祐希が「ヒヨコ」と呟く。思わず茉由里と目を合わせる。

「えー、今、祐希、ひよこって言った？　すごい」

「祐希、ひよこ。ほら言ってごらん」

カツオドリがどう見てもヒヨコでないのは棚に上げ、祐希から出た新しい単語にふたりではしゃぐ。

スタッフから上陸の許可が出て、まず俺が降りた。整備された港ではなく、砂浜に乗りつけているだけのため、降りた場所も足首が浸かる程度だけれど海の中だ。

茉由里から祐希を受け取り、片手に抱っこして茉由里に手を差し出す。茉由里は少し恥ずかしそうにしつつも俺に手を伸ばし、エスコートされるように船から降りた。

シュノーケリングを楽しむ観光客が、ガイドに続いて海へと向かうのを横目に見つつ、家族連れやカップルは浅瀬ではしゃいだり写真を撮っている。

「三十分もすれば別の船が迎えに来るから、それまで浜辺で遊んでいようか」

祐希に声をかけて、彼の膝くらいまでの浅瀬で遊ぶ。念のため、祐希だけスタッフから渡されたライフジャケットを着せていた。

「え、祐希見てごらん、お魚！ わ、こっちは鮫《さめ》！ どうしよう宏輝さん、鮫！」

「落ち着け茉由里、それは人を襲わないやつだから」

かなりおとなしい種類の、十五センチ程度の鮫だった。茉由里が「へえ」と目を瞬く。

「じゃあ、少し観察しても大丈夫？ 噛まない？」

「大丈夫だ。噛まれたとしても血も出ないと思う」

茉由里は祐希と手を繋ぎ、ワクワクした様子で鮫を見守っている。

どこまでも透明な、本当に水が存在するかもわからないような美しい浅瀬で、その小さな鮫が身を翻《ひるがえ》す。そうしてすいすいと沖のほうに泳いでいってしまった。

「しゃめ……」

またもや俺と茉由里はばっと祐希を見つめる。今のは〝さめ〟でいいだろう。

「さめ？ さめさん行っちゃったね祐希。おっきなお魚」

祐希は「うーん」と言って明後日の方向に手を振る。

「ばーい」

「ばいばいさめさーん」

茉由里もにこにこと手を振り、それから俺を見上げて眉を下げ笑う。

「なんか、旅行に来てから一気に言葉が増えた気がする」

「刺激が強いんだろうなあ」

「あとで熱を出さないといいけど」

「こちらで小児科医をしている日本人の知人がいる。一応連絡はしておいたから」

「そうなの？　ありがとう」

茉由里が目を瞬く。祐希は海水の中の白砂を手ですくうのが面白くなったらしく、夢中で手にしてはきゃはきゃはと笑っていた。

「感触が面白いのかな？　砂場とは違うよね」

顔を上げて茉由里が微笑んだとき、祐希が俺のTシャツの裾を引く。

「ん？」

「しゃめ」

また鮫が来たのかと足もとを見れば、日差しのゆらめきが見える透明な海の中を、小さな海亀がすいっと泳いで去っていく。

「どうしたの？」

「海亀がいて。祐希が教えてくれた」

「え！ 見たい」

茉由里が慌ててあたりを見まわすものの、どこへ行ったのか見当たらない。

残念そうにする茉由里の手を取り微笑む。

「大丈夫、きっと見れるから」

不思議そうにする茉由里に海原を示す。そこに見えたのは、今から乗る予定の海中展望船だった。

半潜水型のその船は、両側に大きな窓があり、海中の様子を観察することができる。

海中散歩気分を味わいながらランチ、という予定だったのだけれど……。

グレートバリアリーフの珊瑚礁を彩る鮮やかな魚たちが澄みきった海中をひらひらと泳いでいく。さっきいたのより大きな鮫やエイ、日本ではあまり見かけない魚など。

祐希も茉由里もかじりついて見ているせいで、ランチは二の次になっているようだ。

俺は頬を緩ませアイスコーヒーを口にしつつふたりをこっそりとスマホで撮影する。

その様子に気がついた茉由里がはにかむ。

「変わらないね、宏輝さん」

「なにが？」

「自分の好きなことより……今は祐希もだけど、私の楽しめることを優先してくれるところ？」

「君なんか基本的に他人優先じゃないか。俺よりも、ずっと」

「え、……そう？」

ん、と微笑んで髪の毛を撫でた。

名前も知らない他人の命を救うためだと言われ、俺の前から姿を消した。

「しゃめ！　しゃめ！」

祐希が興奮して叫んで、目をやれば、大きな海亀が悠々と泳いでいくところだった。

茉由里がわあ、と手を口もとに当てて目を輝かせる。それだけで俺はここに来てよかったと心から思える。


翌日からは動物園でコアラを抱っこしたり、カンガルーの保護施設を訪れたりと〝オーストラリアらしい〟ことをしつつ、ビーチウォークなど子どもも楽しめるアクティビティをして過ごした。

「キノボリカンガルーはいないのかな？」

保護施設で不思議そうにする茉由里に「あれは別の国の生き物だ」と伝えると、目を丸くしたあと、少しがっかりした表情を浮かべた。野生のキノボリカンガルーが見られると思っていたらしい。プロポーズをしたニューヨークの動物園で見た動物だった。

「すごくかわいかったから、祐希に見せたかったの」

「そうだったのか」

微笑んでから彼女の肩を引き寄せ、約束する。

「なら来年はキノボリカンガルーを見に行こう」

そう告げると、茉由里はうれしそうに頷いた。

たったそれだけのことが、涙が出そうなほどにうれしい。明日の、来年の、これからの約束を君とできるということが、俺にどれほどの希望を与えるか、きっと彼女は知らないだろう。

「よかったあ、熱出なかったね」

日本に着いて入国手続きもつつがなく済み、あとは帰宅するだけという段になり、荷物を抱えて駐車場へ向かう通路で、ひとりの中年男が立ちはだかってきた。反射的に祐希を抱っこした茉由里を庇《かば》いふたりの前に立つ。

「上宮宏輝さんですね？」

煙草で涸《か》れたと思しき年齢のわりにしゃがれた声と狡賢《ずるがしこ》そうな眼光。軽く眉を寄せて返事の代わりにすれば、男は下卑《げび》た笑い方をしてスマホを俺に向けてくる。アプリで録音してあるのだろう。その仕草で男が週刊誌の記者ではないかと頭に浮かんだ。

けれど、なぜ？

睨みつけている俺に向かって男は続ける。

「週刊文冬の今野《こんの》です」

「……一体なんのご用です」

「やだなあ、わかってらっしゃるでしょうに。そちらが愛人の女性と隠し子ですね」

「……は？」

低い声が出た。愛人？　隠し子？

「婚約者の北園華月さんはこのことをご存じなんですか？」

その言葉でこれが誰の差し金で、なにを狙っているのか、すぐに閃《ひらめ》く。そうまでして茉由里と俺を引き離したいか。

「北園……っ」

ギリッと奥歯を噛みしめた。

そっと背後をうかがえば、茉由里は青い顔をしていた。けれど目が合った瞬間、ふわりと微笑まれる。信頼に満ちた瞳。自然に唇に笑みが浮かんだ。

俺は彼女さえいれば、いくらでも強くなれるんだ。

俺は茉由里を抱き寄せて男に不敵に笑ってみせた。

「愛人だの隠し子だのおかしなことを。彼女は俺の世界でたったひとりの大切な女性です」

【五章】　強さって　side茉由里

宏輝さんは『守られていろ』と言ってくれたし実際守られていると思う。

「行ってきます、茉由里。なにかあればすぐ連絡しろよ。俺が直接動けなくとも君を守る手段は何重にも張ってあるから」

「わかった」

玄関先で宏輝さんを見送りながら、にっこりと微笑む。朝六時、祐希はまだすやすやと眠っていた。

いつもならすぐに玄関を出るのに、宏輝さんは少し逡巡《しゅんじゅん》するような様子を見せる。

「宏輝さん？」

「悪い……少しだけ」

そう言って私をぎゅっと抱きしめ、耳のあたりを鼻でくすぐる。くすぐったくて身を捩った私をさらに強く抱き、彼は「充電」と呟く。

「茉由里成分を補充していく」

「ふふ、どうしたの？」

広い背中を優しく叩くと、宏輝さんはようやく身体を起こして私の頬を親指の腹で撫でる。

「今日、疲れる予定があるんだ。さすがに少々気が重い」

「そうなんだ」

大きな手術かなにかだろうか。私は宏輝さんの背中を撫でながら続ける。

「うまくいくよ。あなたはすごいもの」

「……ありがとう。君がいれば俺はいくらでも強くなれる。誰よりも愛してる、茉由里」

宏輝さんは私の頭にキスを落とす。それからこめかみを唇で撫で、頬にキスしたあとに耳殻を甘く噛んできた。

「もう」

「あのな、ここ」

宏輝さんは私の耳の縁を撫でながら続けた。

「耳の外側。ここに小さな突起があるの、気がついていたか？」

「え？」

私は不思議に思いながら自分の耳を触る。触るけれどよくわからない。

首を傾げると、宏輝さんは優しい目で言う。

「四人にひとりくらいの割合で出現する、人間の進化の名残りだ。祐希にもある」

「祐希にも？」

「そっくりなんだ、君たちは。愛おしくて愛くるしくて仕方ない」

彼はそう言ってまた耳の縁を撫でた。

……そのあたりにあるのかな？　あとで鏡を見てみよう。そんなところ、意識してみたことなかったな。

「ありがとう、茉由里。少し元気になった」

「本当？　よかった」

「ん」

宏輝さんは私を引き寄せ、唇を重ねる。

お見送りのときは触れるだけのキスなのに、今日は違った。ぬるりと入ってきた舌が私のものと擦り合わされる。絡めて噛まれて、呼吸もできずに彼にしがみつくと、彼はようやく満足そうに息を吐きながら唇を離してくれた。

「いってきます」

「……いってらっしゃい」

腰が半分抜けてしまいながら手を振った。

閉まる扉をとろんとした意識で見守りながら、どうしたのだろうと思う。

いつもの彼らしくない。

けれど、そのあともいつも通りに時間は進んでいく。祐希が起きて朝食を食べさせ、洗濯機をまわしていると尾島さんがやってくる。祐希と遊んだり絵本を読んだりしつつ、尾島さんとふたりで家事をあらかた終わらせた。

そうしてお昼過ぎ、マンションのはめ込み窓から街を見下ろす。九月に入ったばかりの街並みは、夏と変わらず白い太陽に照らされていた。

マスコミの類はあれ以来姿を現さない。あのときいくつかの雑誌とネットニュースに『上宮病院の御曹司に隠し子発覚』『北園会病院との提携に赤信号か』と報道が出た。もともと、宏輝さんと北園さんとの婚約話はそれなりに好意的に報じられていたのだ。北園さんの印象がよかったのもあるし、〝美人すぎる女医〟としてタレント的な扱いをされていたせいもあると思う。

ただ、隠し子報道はすぐに見かけなくなった。だから、私の暮らしは旅行前となんにも変わらないし、宏輝さんも変わらぬペースで仕事をしているように見えた。

宏輝さんは『圧力をかけ返した』と言っていたけれど、一体どんなパワーバランスが働いているのか私には知る由もなかった。

なにしろ彼は、私に不安ひとつ抱かせないようにするのがとても上手だから。

「茉由里ちゃん、お茶入りましたよー」

「あ、はい」

尾島さんに呼ばれリビングに戻ると、テーブルの上にはおいしそうなアイスティーとプリンが並んでいる。

「あ、これ昨日作ったプリンですね」

「おいしそうにできてますよ」

祐希をチャイルドチェアに座らせ、スプーンを握らせた。ふと思い出して耳を見てみると、確かに小さな小さな、言われなくてはわからないくらいの突起がある。

思わず「へえ」と声が出た。すべてが宏輝さんに似ているとばかり思っていたけれど、私にも似たところがあるんだ。

そんなふうに思いつつプリンにスプーンを入れたところで、インターフォンが鳴る。

立ち上がった尾島さんに「私が」と言ってモニターを見れば、画面の向こうに立っていたのは早織さんだった。

「早織さん？　どうされたんですか」

少し緊張しながら応答する。直接話すのは、あの日……宏輝さんと別れるように懇願されて以来だ。

『突然ごめんなさい……少し、いいかしら』

振り返って尾島さんを見ると、困惑顔をしつつも頷いてくれた。エントランスを開錠してから部屋のインターフォンが鳴らされるのを待つ。

「どうしたんですか？」

扉を開けると、早織さんが開口いちばんに「ごめんなさい」と震える声で言った。

「え？」

「もう、どうしてこんなことになったのか……」

ぼたぼたと泣きだした早織さんを支えるように家に入ってもらう。リビングのソファに座らせると、尾島さんが祐希を子ども部屋に連れていってくれた。

ふたりになったリビングで、早織さんが落ち着くのを待つ。

「はあ……ごめんなさい。居ても立っても居られなくなってしまって。宏輝さんには絶対にあなたに会うなと言われていたのだけれど」

「一体どうしたんですか、早織さん」

早織さんは私を見つめたあと、ゆるゆると首を垂れた。

「本当に……本当にごめんなさい。あなたと宏輝さんを、無理矢理引き離すようなことをして。あたしが冷静さを欠いていたせいで」

「……済んだ話ですから」

宏輝さんからは早織さんも騙されたのだと聞いている。いたずらに責めても仕方ないだろう。

「それより、今日はどうして」

「……知らないの？」

早織さんがハッとした顔をする。あっという間に顔色が悪くなってしまう。慌てて彼女の手を握って顔を覗き込んだ。

「なにをですか？」

「記者会見があるの」

「記者会見……？」

早織さんが頷く。

「宏輝さんが、北園華月さんと婚約会見をするって」

「……え？」

言葉を理解するのに、しばらく時間がかかった。なにかを言おうとするのに、唇まで痺れたようになって言葉にならない。目を見開いたまま、その場に座り込む。

「あたしにも、よくわからないの。なにしろ経営には関わらないよう言われているし、……あたし自身もそう思うから。ただ、隠し子報道が出てしまって、それでなにか宏輝さんは立場が悪くなってしまったんじゃないかと思うわ」

「そんな……」

「それで、その、宏輝さんは……きっと婚約話を呑むことに……ごめんなさい、あたしのせいです。あたしが最初から騙されたりなんかしなければこんなことには」

早織さんの慟哭《どうこく》だけが部屋に響く。どっどっどっと心臓が早鐘を打つ。隣の部屋から尾島さんに遊んでもらっている祐希のはしゃいだ声が聞こえてきていた。

婚約？　宏輝さんと、北園さんが？

今朝のことを思い返す。私を抱きしめた彼の温もりを、声を、息遣いを。

確かな愛が、そこにあったのに。

重なる唇の感触がなまなましく蘇ってくる。

『愛してる』

何度も囁かれたその言葉が、今言われているかのようにまざまざと鼓膜を揺らしていく気配さえする。

愛してる、確かに彼はそう言ったのだ。

ゆっくりと呼吸を繰り返して、ぎゅっと手を握りしめた。ふたつの指輪がきらりと秋の日差しにきらめく。

「……ありえない」

力を込めたせいか、声が不自然に震えていた。早織さんがハッと顔を上げる。

「茉由里さん……あ、あたしのできることなら、どんなことでも償いはさせてもらいます。本当に……ごめんなさい……」

早織さんが肩を震わせ、顔を覆う。

「ありえないんです、早織さん」

私はふっと肩の力を抜いて、頬を緩める。そんなことありえるはずがないのだ。宏輝さんが私以外を選ぶなんて、あるはずがない。

笑顔の私を見て、早織さんが泣き顔できょとんとした。

「ちょっとすみません、出かけてきます」

宏輝さん、気が重いって言っていた。だから私を補充してるって。

ならすぐにでもそうできるように、できるだけそばにいたい。

私がマンションのエントランスを飛び出すと、ばっと前に男性がふたり、立ち塞がった。

「なんですか⁉」

「茉由里様、お戻りください」

その言い方に、彼らは私の警護をしている警備員なのだと気がついた。

「どいてください」

手荒なことはできないはずだ、と振り切って通りでタクシーを止める。彼らは顔を見合わせて、けれど私がタクシーに乗るのは止めなかった。わかりやすく車がついてきているのはあえてなのだろう。

総合受付のスタッフさんや警備員さんに驚かれつつやってきた上宮病院の会議室は人でごった返していた。プロジェクター用のスクリーンの前に長机とパイプ椅子が置いてあるだけの、簡素な会場だ。婚約会見にしては質素すぎる。

ほとんどが雑誌やネットニュースの記者のようだったけれど、いくつかのテレビ局も来ているようだ。ぎゅっと胸のあたりを握りしめる。

「それにしても結局結婚か」

「隠し子が気にならないのかな」

「金持ちの考えることはわからんな」

「まあ美男美女でお似合いだろう。医者同士だし話も合うんじゃないか」

記者さんたちがひそひそと話しているのが聞こえた。

私はそっと会議室を出る。

マスコミの人たちは私の顔なんか知らないようで、病院のスタッフとでも思っているのかまったく気にするそぶりもない。

ふと、携帯が震えた。

『茉由里、来たのか。警護員から連絡があったから、まさかとは思ったが』

通話に出ると、少し低いトーンの宏輝さんの声がした。私はできるだけ柔らかな声で「うん」と答える。

『早織さんが行ったらしいな。あの人は本当に……なんと聞いた？』

「婚約会見だって」

『信じてないよな？』

「うん。でも一瞬びっくりした」

『ん。……悪い』

「宏輝さんが今からなにをするか知らないけど、大丈夫、邪魔はしないよ。なにか考えがあるんでしょう？」

『北園会を追い込むための計画だったんだが、君を怖がらせたくなくて黙っていた。かえって心配をかけてすまない』

優しい口調で言う彼に、私は電話越しに微笑む。

「大丈夫。守ってくれるんでしょう？　私」

ひとつだけ呼吸を置いてから続けた。

「私、あなたとならなにも怖くないよ」

『茉由里……』

「ここに来た理由はね、宏輝さん疲れちゃうだろうから、そばにいたかったんだ。私にできること、それくらいだから」

『それがいちばんでかいんだ。そばにいてくれるだけで、それだけで』

「宏輝さんって、全然欲がないよね」

『俺ほど強欲な人間はいないぞ？　俺は君のすべてが欲しい。心も身体も、余すところなく』

「私、とっくに全部宏輝さんのものだよ」

『茉由里、あまりかわいいことを言わないでくれ。全部放り出して今すぐ抱きつぶしに行きたくなる』

「宏輝さん。心配してくれてありがとう、守ってくれてありがとう。でも、相談してほしかった。そんなに私、頼りない？」

信頼されていないのは嫌だなと思う。家を飛び出したあたりまでは、微かな怒りさえも覚えていたかもしれない。

大好きな人に信頼されていないのって、こんなに嫌な気分になるものなんだ。

宏輝さんは私が失踪したとき、きっと、もっとつらかったのだろうな。

今さらながらに胸が痛む。

電話の向こうで、ハッと宏輝さんが息を呑み、そうして『違う』と続けた。

『ひとりで子どもを産み育てるなんて、並大抵のことじゃない。そんな君が頼りないわけがない。強い女性だと、母親なんだなと、そう思った』

そう言ってから、宏輝さんは少し黙る。

「……宏輝さん？」

『すまない。その、怖がらせたくなかったのはもちろんあるが、同じくらい俺は……焦っていたんだ。茉由里が俺に呆れて見限ってしまいやしないか。また俺のもとを去ってしまうんじゃないかと。だからひとりで解決したかった』

宏輝さんがふっと笑った。

『格好悪いだろ？ でも、好きな女の前で格好つけたかったんだ。それだけ』

「……じゅうぶんかっこいいから、そんなことしなくて大丈夫」

『ありがとう』

宏輝さんはさらっとそう返して、それから『茉由里』と私を呼ぶ。

『愛してる』

「私も」

そう答えてから続ける。

「あの、宏輝さん。私もう、どこにも行かないよ。ずっとそばにいる、ずっと――」

彼はなんでも持っている人だ。眉目秀麗で学生時代から文武両道で、医師としても有能で。

なのに私がいなくなることにとても怯えている。私なんていくらでも代替がきく存在だと思うのに、彼にとってはそうじゃないらしい。

私は彼にとっての唯一なんだ。

そう思うと、お腹の底から力が湧いてくる。強くなれる。

「私ね、どんなときもあなたの横にいたい。胸を張って立っていたいんだ。だってそうでしょう？　あなたは私といると強くなれるんだから」

同様に、私も――。

『茉由里』

宏輝さんは声のトーンを下げ、それから呟くように言った。

『そんな君だからこそ、俺は愛してやまないんだろうな』


時間的に詳しい話をする余裕がなさそうだった宏輝さんとの通話を切り、会議室に入る。

記者席の隅っこに座り、こっそりあたりをうかがっていると、ふと横に誰かが座る。顔を上げると美樹さんだった。記者さんに気がつかれるのを警戒してか、マスクにウィッグで軽く変装をしていた。

「宏輝に茉由里が来たって聞いて心配で来ちゃった」

「ごめんなさい」

「ん、茉由里らしい」

そんな会話をしていると、前方の扉からまず広報の男性が入ってきた。続いて宏輝さん、そして北園さん――。

激しく焚かれたフラッシュが目に痛い。けれど宏輝さんも北園さんもどこ吹く風だった。こうして見ると、ふたりはとてもお似合いだった。まるでドラマのワンシーンのように思える美男美女、ふたり――。

宏輝さんは気遣うように北園さんを先に座らせる。北園さんは美しく微笑みながら椅子に座った。

「ご婚約おめでとうございます！」

記者席からお祝いの言葉が飛ぶ。さっき『金持ちの考えることはわからんな』と言っていた記者さんだ。

その言葉に宏輝さんは眉を上げ立ち上がり、告げた。

「お忙しい中ご足労いただきありがとうございます。この場に集まっていただいたのは――」

そう言って優しく北園さんを見下ろす。北園さんも幸せそうに彼を見上げ微笑み返した。

私は彼女の顔を見て目を瞬く。どうして誰も気がつかなかったの？　あるいは、本人も気がついていないのかもしれない。

北園さんの瞳は、確かに恋する女性のものだった。

そんな彼女に構わず、彼ははっきりと告げた。

「医療法人北園会病院、そして北園華月さんの犯罪行為を告発するためです」

水を打ったように会場が静まり、やがてざわめきが漣《さざなみ》のように広がる。犯罪行為……？

北園さんの美しいかんばせが一瞬わななく。数度瞬いたあと、すっと目を細めて宏輝さんを見上げる。

「まずは、これを」

宏輝さんはその視線を無視して、携帯に触れ音声を再生する。

『結婚したら、いつかお子さんが欲しいのかしら？　母子ともに健康で退院できるといいですよね』

北園さんの声が続く。

『茉由里さんの存在が邪魔なのならば……』

はっきりと言わないまでも、彼女の言葉は北園会の背景に反社会的な組織があることを示唆していた。周りの記者さんもざわついている。

お医者様が……ううん、それどころか病院ぐるみで裏社会と繋がりがあるなんて、そんなこと許されるの？

北園さんがなぜ自分の立場にあれほどまでに腐心していたかも察しがつく。

医師としてより、彼女は組織の中での栄達を望んでいたのだ。

信じられなくて北園さんを見つめた。美しいかんばせに、焦りの色はまったくない。

それがかえって、ゾッとした。

同時に宏輝さんがすぐに私を迎えに来なかった理由がわかった。失踪してしまっていたこともあるけれど、私の身の安全が確保されるまで、彼は大規模には動けなかったんだ……。

まさか自分が……ううん、私だけじゃなく祐希までもがヤクザに狙われていただなんて。

このことを、きっと彼は私に知らせたくなかったのだ。怖がらせるのではと心配していたのだろう。

でも、宏輝さんは守ってくれると約束したのだから……怖くなんか、ない。

「当時俺は愛するひとと婚約していて……彼女の腹には俺の子どもがいた。この録音は、彼女との入籍寸前の話です」

それが、とはっきりとした声で宏輝さんが続ける。

「それが、先日あなた方が〝愛人と隠し子〟だと報道したふたりです。あのふたりが俺の最愛で、唯一です」

宏輝さんが言い切って、私に向かって頷く。私はきゅっと膝の上で手を握りしめた。

北園さんはどこ吹く風だ。それがどうしたの？みたいな顔をして口を開いた。

「それって証拠はあるのよね？　その録音が真実、あたしの声だという証拠が」

余裕たっぷりな彼女に「ええ」と宏輝さんが頷いた。想定外だったのか、さすがに微かに顔色を悪くする。

「さらにもうひとつ。先ほどの録音の音声からみな様ご承知かと思いますが、北園会は反社会的組織との癒着《ゆちゃく》が……いえ、はっきり言いましょう。北園会の院長をはじめとした一族及び幹部全員が、反社会的な組織そのものです」

会議室内が一気に騒がしくなる。

「反社会的組織？　まったく身に覚えはないけれど、あたしがなにをしたと言うのかしら」

張りのある声だった。なんら瑕のない人間の声。

けれど宏輝さんは無言で携帯を操作し、プロジェクターに映像を映し出した。

それは信じられない内容だった。

北園会と裏社会との繋がりを示す書類や動画。組員の収監を防ぐために偽造された診断書や、莫大な裏金の絡む帳簿。

それだけじゃない。

はっきりと映ってこそいなかったものの、オペ室で明らかに誰かの遺体を処理する映像……そこに映っていたのは北園華月さんだった。

『死因、なんにしようかー』

夕食を尋ねるような、そんな気楽な口調だった。

さすがに会議室内に動揺が走った。

「こういった行為に学生時代から関わり、そして今現在主導していたのは――あなたですね、北園華月さん」

北園さんはしばらく宙を見つめたあと、ゆっくりとうなだれていった。

シンと静まり返っていた会議室が、蜂の巣をつついたかのような大騒ぎになった。

私は美樹さんに手を引かれ、以前入院した病室に連れ出される。着くやいなや、彼女は心配そうに抱きしめてくれた。お姉ちゃんが幼い妹にするみたいに。

「大丈夫？　ショッキングな映像もあったでしょう？　それもあって茉由里には伝えたくなかったみたいなの、宏輝」

私は頷き、「大丈夫」と彼女の腕を軽く叩いて笑ってみせた。美樹さんは心配そうに眉を下げて私の頭を撫でる。

「美樹、茉由里から離れてくれないか」

部屋に入ってきた宏輝さんが小さく舌打ちをする。

「あらやだ、男の嫉妬は見苦しいわよ」

そう言いながら美樹さんが私から離れる。

三人揃って病室内の応接セットのソファに座った。私と宏輝さんが並んで座り、向かいに美樹さんがいる形だ。

「すまなかった、茉由里。驚いただろう?」

頭を下げる宏輝さんの肩に慌てて触れる。宏輝さんはぐっと端正な眉を寄せ、太ももの上に置いた拳を強く握る。

「北園華月と北園会病院の逃げ場を塞ぐ必要があったんだ」

先ほどもちらっと言っていた説明に頷く。

宏輝さんは微かに眉間を緩めたけれど、変わらない鋭い口調のまま吐き捨てるように続ける。

「もともと、北園会と裏社会の癒着に関して、医療関係者の間ではまことしやかに噂されていたんだ。確固たる証拠がなくて、彼女たちの首を獲るのにこんなに時間がかかってしまった。医師としての立場を利用し、さまざまな犯罪行為に関わっていた」

そうしてひとつ息を呑み、続けた。

「医師として、人として、どうしてもそんな北園たちが許せなかった」

私は頷く。医師ではない私にでも、その怒りがいかに深かったかは想像がつく。

あまりにもおぞましい行為だったから。

私は目を伏せた。瑕ひとつない完璧な人間のはずの彼女は、そもそも最初から粉々に砕けていたのだ。

「それで婚約を受け入れたふりをした。責任を追求したところで、他の人間の首で代替されてはいけないからな。公衆の面前で糾弾する必要があった」

宏輝さんはふうとため息をつく。

「この件についてはずっと調査を続けていたんだが、なかなか尻尾を掴ませてくれなくてな」

「そうだったんだ」

答えながらハッとする。

「再会したとき、やるべきことがあるって言っていたのは、これ?」

宏輝さんが頷いた。

宏輝さんらしい、と唇を結ぶ。

「これから北園会病院はどうなるの？」

「経営陣を刷新することになるだろうな」

「刷新したところで……ね。同じことを繰り返すんじゃないかしら」

美樹さんの言葉に宏輝さんが「ああ」と目を細める。

「野放しにして同じことを繰り返させるわけにはいかない」

ふと低くなった声に彼をまじまじと見つめる。彼はふっと頬を緩めて信じられないことを言い放った。

「だから、ウチの傘下に入れる……もう手は打ってある。今頃北園の総帥は泡をふいているかもしれないな」

にやりと笑う彼に思わず目を丸くする。

「やられたことをやりかえしただけだ。もちろん、こっちは正々堂々、正攻法でな」

飄々と肩をすくめた彼に、美樹さんは「さすがあたしの片割れ」とにやりと笑った。

「院長は父さんに任せるの？」

「そうしたいところだが」

言いよどむのは、ふたりのお父様の心臓の病気が気にかかるからだろう。

「無理させられる状況じゃない。実質上、俺が指揮を取ることになる」

「そんなに悪いの？」

思わず口を挟んだ私に、宏輝さんが表情を緩めてみせた。

「いや、手術さえうまくいけば医者としての仕事も続けられるはずだ」

「父さん、あまり国内にその手術できるドクターがいないって漏らしていたけど？」

「そのうちのひとりが俺だから問題ない」

さらっと宏輝さんは言って続けた。

「身内に執刀されたくないとごねていたが、ようやく説得に応じた」

「あ、そ」

どことなく安心した表情の美樹さんを見ながら、私もホッと息を吐く。

「よかった」

「あの人の病気が発端で始まったような騒動だったからな」

述懐するように言う宏輝さんに、美樹さんが「それにしても」と呆れた口調で言った。

「北園会も馬鹿なことをしたものよねえ。犯罪に手を染めたのもそうだけれど、ウチに手を伸ばさなきゃ、宏輝にこうして白日のもとに晒《さら》されることもなかったし、逆に宏輝に病院を乗っ取られることもなかったでしょうに」

乗っ取るってなんだよ、と宏輝さんは苦笑した。

「言い方ってもんがあるだろ」

「その通りでしょ？　それにしてもわかんないのは、北園華月の行動よ。無理してあんたを種馬にする必要はなかったのに……」

「……恋、してたんだよ。北園さんは、宏輝さんに」

私は小さく言った。あの表情を見ればわかる。だって私も宏輝さんに恋しているから……。

「まさか」

宏輝さんはそう言うけれど、美樹さんは「あ」と目を丸くした。

「そういえば、一度……監視のために仲良くやってたときにね、ぽろっと一度だけ漏らしたことがあったの。運命だと思うって」

「運命？　俺と茉由里のことか？」

「茉由里馬鹿は黙ってらっしゃい。あなたと北園華月がよ」

「どうして？　提携の話が出るまで、会ったこともなかったのに？」

「さあ」

美樹さんは肩をすくめた。

私はぼんやりと、かつて読んだインタビューを思い出す。

人命救助を行った宏輝さんに〝運命〟を感じていた北園さん……。

でも私は黙る。

これ以上は、きっと北園さんの思い出の中の話だろうから。

「それにしても、どう？ いきなり御曹司から総帥にまで上り詰めた気分は？」

美樹さんが気分を変えるように明るい声で言った。

「そうだな……結構しんどいかもな。他人の上に立つプレッシャーで押しつぶされそうだ」

ぽろっとこぼれたような声に思わず彼の手を握る。宏輝さんは私を見てそっと目もとを緩める。

「ただ、茉由里がいてくれるから――頑張れる」

宏輝さんは私に向き直る。

「君がいれば俺はいくらでも強くなれる」

私は彼を見つめながら、ふとすとんとなにかが腑《ふ》に落ちた。

ずっと強くなりたかった。

でも強さって、もしかしたら――……。

「改めて、茉由里。巻き込んですまなかった」

首を横に振る私の手を宏輝さんは強く握る。

「この件に関しても、……ひとりで祐希を産ませたことも、育てさせたことも」

「巻き込まれたなんて思ってないよ」

私はそっと微笑む。

「むしろどんどん巻き込んで。それから……あのときのこと、ごめんなさい。ひとりで姿を消して、かえって迷惑をかけてしまって……」

宏輝さんが目を見張り、それからふっと頬を緩めた。

「心配はしたが迷惑だなんて思ったこともない。これからもっと忙しくなると思う。苦労もかけると思う。それでも茉由里、君を愛し抜くと誓うから……そばにいてくれないか」

宏輝さんの手のひらが私の頬に触れた瞬間、「こほん」と咳払いが聞こえた。ぱっと顔を向けると、美樹さんが眉を寄せて足を組み替えるところだった。

「あたしの存在、無視しないでー？」

「まだいたのか。帰っていいぞ、もう」

「ほんっとあたしの扱い雑よね、あんた」

美樹さんは立ち上がり、私の頭を軽く撫でてから扉のほうに歩き出す。スライドドアに手をかけたところで振り向き、「そうそう」といたずらっぽく微笑む。

「ふたり目作るなら入籍してからにしなよ！」

「美樹！」

「あははは！」

美樹さんは楽しげに笑いながら廊下に消えていく。

ふう、と息を吐く宏輝さんと目が合って、どちらともなく笑みがこぼれる。そのまま顔が近づき、唇が触れ合った。

「茉由里、信じてくれてありがとう」

その声が掠れていて、私の心臓がぎゅっとする。

「……うん」

私は彼の腕の中に自ら飛び込みながら、切なく痛む鼓動を感じた。

「以前の私だったら、あなたを信じきれなくて逃げ出していたかもしれない」

「やめてくれ。次に逃げ出されたら君を閉じ込めておくしかできなくなる」

真剣みのあるそんな言葉に笑みをこぼす。

「でも、もうそんなこと起きない」

そうはっきり告げてから、続ける。

「ありがとう。私、あなたのおかげで強くなれた。今ならきっと、あなたの隣で胸を張っていられる」

だから、と彼をじっと見つめる。宏輝さんの真剣でまっすぐで、そして熱のこもった視線が交差する。

「私、あなたの奥さんになりたい」

信じる勇気を、強さをくれた、あなただから。

以前はひとりで強くあらねばと思っていた。でも違う。周りに頼っていいんだ。信頼して甘えていいんだ。

宏輝さんが私がいればいくらでも強くなれるように……私もまた、宏輝さんがいればいくらでも強くなれるのだから。

「……ん。受け入れてくれてありがとう、茉由里」

宏輝さんが私の頬を両手で包み、そっと唇を重ねてくる。体温が混じっていくような気がする。

なんて幸せなんだろう、と思う。

唇を離して、お互いの鼻の高さ分の距離で微笑み合った。
お互いをなにがあっても信じ抜けること。
それもまた強さだと、私はそう思うのだ。

【エピローグ】

窓の外は、一面の紅葉だった。

思わず目を奪われてから視線を戻すと、宏輝さんが泣きそうな顔をしていた。びっくりして彼の腕を取る。

「ど、どうしたの？」

「いや、茉由里があまりにも綺麗で」

そう言って私の手を握る彼は、白いタキシード姿。私はというと、純白のウエディングドレス姿。マーメイドラインの、すらりとしたドレスだ。

髪は上品な真珠の髪留めで結い上げていた。胸もとに光るのは、ケアンズで彼にもらったバロックパールのネックレス。新調しようか、と彼は言ったけれど、これがいいとお願いしたのだ。気に入っているのもあるし、彼からプレゼントしてもらった思い出の品でもあるからだ。

そう、今日は結婚三年目にして、ようやく叶えた結婚式なのだった。

今は式を挙げるホテルの新婦控室に宏輝さんが迎えに来てくれたところだ。

天井まである窓からは、ホテルの庭園が眺められた。都内の一等地だというのに広大な日本庭園を持つこのホテルは、式場や披露宴会場からこの一面の紅葉を眺めることができるため、特に見頃となる今の時期、つまり晩秋はかなり人気がある。

「ママ、きれい！」

そう言って私を見上げる祐希は、もう年中さん。蝶ネクタイがよく似合う。

宏輝さんそっくりに育っている彼の将来の夢は〝喫茶店の店長さん〟だ。一歳までの記憶はないはずだけれど、ときどき叔父さんのところに遊びに行く影響なのかもしれない。

「おひめさまみたい！」

祐希と手を繋ぎはしゃぐのは、三歳になったばかりの長女、茉莉花《まりか》だ。シフォンたっぷりの子ども用ドレスでおしゃまに笑っている。大きくなったらプリンになりたいと言っていた。理由は『おいしいから』とのことだった。かわいくてきゅんとした。

「ふたりとも、ありがとう」

お礼を言った矢先に聞こえてきたのは、元気な赤ちゃんの泣き声。慌てて目をやると、尾島さんに抱っこされた赤ちゃんが顔を真っ赤にして私に向かって手を伸ばしている。もうすぐ一歳になる次男の直輝《なおき》だ。尾島さんから受け取ると、すんすん泣きながら私にしがみついてきた。

「さっきまでおとなしかったのに。飽きちゃったか、直輝」

宏輝さんが直輝の頭を撫でる。直輝がふにゃっと笑って、あまりのかわいさに言葉を失う。

それにしても、こんなに子煩悩なところを見せられると、彼が優秀な外科医であると同時に、全国に百以上の病院を抱える一大医療法人の若き総帥だとは思えない。

じっと見つめていると、宏輝さんは不思議そうに首を微かに傾げる。

「なんでもないよ」

ふふ、と微笑みながら答えた。

さて、結婚式が今になったのは、お腹に子どもたちが来てくれたからだった。妊娠中に式を挙げようにもつわりがひどかったり、産後に宏輝さんが海外に行かねばならなくなったり——と、とにかくタイミングがうまくいかず今の時期になってしまった。

『もう今さら挙げなくていいんじゃない？』

そう言ったけれど、宏輝さんとしては念願の結婚式。なにがなんでもと押し切られてしまった。

まあ宏輝さんが〝こう〟と決めたら決して譲らない人だというのは身に染みてわかっている。

「永遠の愛を誓いますか？」

神父様の言葉に、ふたりで愛を誓い合う。

結婚してすぐに結婚指輪を贈られていたけれど、改めて交換すると胸が切なくぎゅっとした。

顔を上げると、宏輝さんと目が合う。端正な目もとを優しく綻ばせて……そっか、宏輝さん見抜いてたんだ。私が『もういいでしょう、やらなくて』なんて言いながらも、本当はちょっと結婚式に憧れていたの……。

落ちてくるステンドグラスの影が、彼のまつ毛に落ちる。見つめている間に唇が触れ合った。胸がときめく。

改めて彼が好きだと、愛していると自覚してしまう。

「すごく綺麗よ」

披露宴のテーブル挨拶で、早織さんが泣きながら私の手を握ってきた。私は微笑む。

早織さんは今では完全に家庭に戻り、職務に復帰したお義父様の食事面でのサポートなどに集中している。そして祐希たちにとってはいいおばあちゃんでもあった。血の繋がりなんかないはずなのに、溺愛と言ってもいいほどかわいがってくれている。

そんな早織さんの横で、宏輝さんのお父様が目を真っ赤にしている。昨年、宏輝さんの執刀で二度目の心臓の手術を終えたばかりだ。これでしばらくは経過観察だけでいいみたいで、家族全員で胸を撫でおろしたのは記憶に新しい。

これまで仕事一辺倒であまり家族を顧みなかったお義父様だけど、手術を経て、宏輝さんとの間にあったわだかまりが少し解れたようで、小さい頃から見てきた私としてはなんだかホッとした。今では早織さん同様、とてもいいおじいちゃんだ。

「……なんかさあ、意外なんだけど。お父さんがそんななっちゃうの」

グイグイとワインを飲みながら美樹さんが呆れたように言う。

「そんなってなんだ」

「泣くの我慢してますって感じ」

「そんなのしてない」

お義父さんはむっと唇を引きしめる。思わず笑ってしまった。宏輝さんと血の繋がりがあるとは思えないほど、愛情表現が苦手なのだ。

私の横で宏輝さんは神妙な顔をしている。なんていうか、どんな顔をすればいいのかわからないのだろう。

披露宴の翌日、私たちは子どもたちを美樹さんと早織さん、そしてお義父さんに預けて、新婚旅行に出かけた。

新婚旅行、というほど新婚でもないのだけれど……。

それに子どもたちのことも気にかかるため、たった一泊二日だけ。それでも久しぶりのふたりきりだ。

「わあ、綺麗……！」

私は広がる山々の紅葉を見下ろし、思わずそう呟いた。

そう遠出もできないということで、選んだのは箱根《はこね》にある旅館だった。あちこち観光してまわるより、のんびりふたりきりで過ごそうということになったのだ。

訪れたのは、老舗の高級宿。その離れを宏輝さんは貸し切ってくれた。

このところ忙しかったから、他人の気配を感じずにのんびりしたいのかもしれない。

放っておくと飛行機すらチャーターする彼だから、普段は言動をチェックしているのだけれど、そんな理由があるのならと快諾した。

離れの部屋はすべて露天風呂付き。さらに離れの利用客限定の貸切露天風呂がいくつかあり、それも今日と明日は私たち限定らしい。

そして案内された部屋は、美しい箱根の山々を眺めることのできる貴賓室。床の間に飾られているのは藤袴と桔梗で、下げられている水墨画はどこかゆるい犬の絵だ。

紅葉はピークを迎えており、赤に朱、黄に葡萄茶と目にも楽しい。掃き出し窓になっていて、濡れ縁に出ることができる。

宏輝さんに手を取られて濡れ縁に出てみると、冬の気配がする風が頬を撫でる。

「寒いけど、気持ちいいね」

「そうだな」

優しく微笑む彼と、置いてあった籐の椅子に座りぼんやりと並んで腰かける。

少し強めに吹いた風に身を縮めると、宏輝さんがひょいと私を抱き上げて膝に乗せる。頭に頬擦りされ、ぎゅっと抱きしめられていると、ポカポカと肋骨の奥が温かくなる。

「好き」

自然に漏れた言葉に、宏輝さんがうれしげに「俺も」と答えた。

「愛してる、茉由里」

唇が重なる。触れ合うだけのそれが、やがて少しずつ深くなっていく。舌が擦り合わされ、絡められる。官能的な動きにみじろぎする私を、彼の逞しい腕はがっちりと抱え込んで離さない。

彼の舌が、私の口蓋を舐め上げた。ゾクゾクとした快感が背骨を走る。

「ん、ぁ……」

ついこぼれた声にハッとする。慌てて身体を離そうとするも、後頭部を大きな手のひらでがっちり支えられてとてもできそうにない。むしろさらに深く貪られてしまい、すっかり彼に教え込まれた身体は簡単に蕩けてしまう。

「ぁ、やだ……宏輝さん。声、出ちゃう……」

「出したらいい。貸切なんだから」

私は目を丸くする。

「まさか、とは思うけれど……そのために貸切にしたんじゃないよね？」

宏輝さんは無言でにっこりと微笑む。私は微かに悲鳴をあげた。

「そ、そんなことのために……？」

「そんなこと？　冗談だろ。かわいい茉由里の淫らな声を他の人間に聞かせてたまるか」

そう言って彼は私を抱き上げる。「淫らってなに！」という私の声はまるっと無視されてしまった。

「寒いだろ？　風呂に行こうか」

ちょっとあきらめ気味に頷く。彼は「こう」と決めたら譲らないのだ。

きっと今日はたっぷりと私を愛でるつもりなのだろう。そういえば最近忙しくて『茉由里不足だ』としきりに文句を言っていた。

「貸切風呂の景色がいいらしいんだ」

宏輝さんは上機嫌に言う。

誰もいない静かな廊下を彼に横抱きにされたまま進む。

磨き込まれたガラスが嵌め殺しになっている両側の壁越しに秋の日本庭園が眺められた。秋風に揺れる濃い赤の紅葉、揺れるススキや女郎花《おみなえし》に風情を覚える。

連れられてきた露天風呂は確かに絶景だった。思わず言葉を失ってしまうくらい……けれど私はそれとは別の意味で声を我慢していた。

「俺には聞かせてくれていいんだぞ？　かわいい声」

さっきは『淫ら』って言ってた！とちょっと彼を睨むけれど、宏輝さんは低く喉で笑うだけだった。

私はお湯に背後から抱きしめられて浸かっている。もちろんお互いに裸だ。それもすごく恥ずかしい。思わず身を縮める私に、彼は笑ってみせた。

「結婚して……というか、こんな関係になってどれくらい経つと思うんだ？　まったく、いつまでも初心だな」

笑う宏輝さんを仰ぎ見て、唇を尖らせる。彼は楽しげに私のこめかみにキスをする。

そして私のお腹にまわしている腕を微かに動かした。彼が触れてきたのは淫らな箇所なんかじゃなくて、私の両肩だ。目を瞬く。

「凝ってるな」

「ああ……そうかも」

一歳の直樹はもちろん、まだまだ上のふたりも甘えたいさかりだ。だっこしたりおんぶしたり、出かければ荷物も多いし、育児はかなり肉体的にもハードワークだ。

「ありがとうな、いつも。かわいい子どもたちを健やかに育ててくれて」

「ううん、宏輝さんこそお仕事お疲れさま。大変なのにいつも気にかけてくれてありがとう」

そう答えると、彼は微かに笑って私の肩を揉み始めた。ついつい目を細めた。すごく気持ちいい。

「あー……そこそこ。すごいね宏輝さん、マッサージも上手なんだ」

「人の肩を揉むなんて初めてだ」

そう言って彼は穏やかに笑う。

山の風は、晩秋というよりは冬のもの。少しぬるめの温泉に、心地よいマッサージに、すぐそばにある宏輝さんの体温――。ついうっとりして身体から力を抜く。遠くで山鳥が鳴いた。静かで、この上なく心地よい時間だった。

「……ちゃんと父親できているかな、俺」

ふと彼が手を止めて呟く。

少し自信がないらしい彼に振り向き、見つめた。いつも自分のことより患者さんのこと、私のこと、子どもたちのことを優先して生きている彼。

かつて宏輝さんは自分のことを『強欲』と言ったことがある。そんなの本当だろうかと思う。だってこんなに無私の人を私は知らない。

「あなたは最高のパパだよ。同じく最高の夫で、お医者様だとも。でももっと自分を優先していいって思うときもある」

宏輝さんは目を見張り、それからゆっくりと目を細めた。

「ありがとう」

彼の唇が私の首筋に触れる。濡れた肌の上を滑りながら、彼の唇が言葉を紡ぐ。

「でも俺は本当に自分のやりたいようにやっているだけだ。ほら」

彼の舌が私の肌を舐めた。つい声が出そうになるのをこらえると、宏輝さんはかりっと肌を優しく食む。

「だから声を出していいと言っているのに」

「でも、そんな、外でこんな……」

彼の手は肩から鎖骨へと滑る。同時に耳をねぶるように弄られて、私はお湯の中でみじろいだ。はあ、と息を吐く。

「本当に君はかわいいな。頭の先からつま先までかわいい」

くちゅっと耳もとで音がする。彼の舌が耳の孔を舐める。

耳殻を噛んでくる歯の感覚にすら慣れてしまっている。慣れているはずなのに、恥ずかしくて仕方ない。

私の鎖骨を彼の節高い、男性らしい指が撫でる。私より太くがっしりしているその手指は、とても繊細に私の骨に触れる。鎖骨をつまみ、撫で、こりこりと動かした。

「ふ……っ」

思わず漏れた淫らな声に、宏輝さんが肩を揺らす。耳もとで囁かれるのは低くて心地よいテノールだ。

「マッサージしているだけだぞ？」

「うん、っ、嘘つき……」

私の指はお湯の中をさまよう。縋《すが》るところが見つからず泣きそうになる。

宏輝さんが笑って耳朶を噛み、デコルテをマッサージしていく。けれど完璧に淫らな動きだった。

変なところを触られているわけでもないのに、簡単に蕩け、身体の中をくちゅくちゅに発情させられてしまう。

ああ、いつから私はこんなふうに……信じられない。

すっかり彼に作り変えられてしまったのだと、そう思いながら宏輝さんにされるがまま。

彼の指先がやがて私を解し、私は余すところなく彼を受け入れ、彼で身体の中を充溢させて蕩けていく。

何度も絶頂させられたあと、私は彼にしなだれかかり半分寝かかっていた。宏輝さんは「かわいい」と私に頬擦りをして抱き上げる。

「なあ、そういえば聞いたことなかったけれど……どうして俺のこと好きになってくれたんだ？」

私をタオルでくるみ、しんと冷えた廊下を歩きつつ宏輝さんは言う。私は首を傾げた。大きな窓の外で、風に深い緋色の紅葉が揺れている。

「きっかけは、なにがあっても、私の味方でいてくれたから、かな。自覚したのは、結婚の約束をしてくれたときだと思う」

宏輝さんと美樹さんが私の本当の兄姉ではないと知ったときのことだ。

「ああ、小さい頃の。『じゃあかわりに、大きくなったら結婚しようね。約束』」

声こそまったく違うものの、おそらく一言一句違《たが》わぬ台詞《せりふ》の再現に目を見張る。

「すごい。よく覚えてるね」

「当たり前だろう？　俺と茉由里の間の言葉はすべて記憶してる。さっきの淫らな茉由里が俺になんと言わされたかだってきちんと覚えて……」

「宏輝さん……っ」

頬を熱くして唇を尖らせると、宏輝さんは楽しげに肩を揺らした。それから私の頭に軽くキスを落とす。

「よかった、結婚の予約をしておいて」

ふっと宏輝さんが笑う。その笑顔を見ていると、頭の中でなにかが閃く。

「あ、違う……」

「なにが？」

私を貴賓室のベッドに横たえながら宏輝さんが首を傾げた。私は目を細める。

「あなたのこと好きになったの、多分だけど……もっと前」

「どれくらい前？」

「もっと小さい頃……初めて会ったとき」

私にのしかかって顔を覗き込んできている宏輝さんの頬を撫でる。精悍な眉目が優しく綻ぶ。

そういえば以前、彼が話してくれた。幼い頃の話……初めて会ったとき、泣いている彼を私は慰めたのだと。

その話で、小さい頃の記憶を上書きしてしまったのかとも思った。物心つく前の子どもが、親から聞いた話を自分の体験だと思い込むように。

でも、違う、とはっきり思う。そう、だって兄妹のままじゃ結婚できないと言われて私は『それは嫌だ』と思ったのだもの。その時点で、すでに私は彼を愛していた。

「宏輝さん、私が涙を拭ったら……『見つけた』と言ったの」

宏輝さんが目を見張る。お互いのまつげが触れ合いそうなほどの距離だ。

「……そうだ」

宏輝さんは微笑んだ。

「見つけた、と思った。俺の運命」

私は息を呑む。

大げさ、と言ってしまいたいけどできない。なぜなら私も、幼すぎて言語化できなかったけれど、初めて会った瞬間にはっきりと『この人だ』とわかったのだから。

彼の手が私の頰を包む。私も微笑んで彼の首に腕をまわす。

ぴったりと肌が重なり合う。体温が蕩けていく。

窓の外で山鳥が高く鳴き、私は愛おしい体温に泣いてしまいながら思う。

見つけられてよかった、と。

どうか死ぬまで一緒にいてね、愛おしい運命の人。

そんなことを希いながら、重なる唇が心地よくて、そっと目を閉じたのだった。

END

特別書き下ろし番外編

あなた以外見えない

心地よい揺れだった。また眠ってしまいたくなるような……。

温かくて、頼りがいのある逞しい広い背中。

どうやら私は、おぶわれているらしい。

霞がかった意識のなか、つい甘えてその背中に擦り寄った。知っている体温だった。

嗅ぎ慣れた落ち着いたシトラスの香りは、〝彼〟が好んで使うシャンプーのものだった。

そう、私はこの背中を知っている。……誰？

どうして？

ぼんやりと、うまく働かない頭で考える。

確か、六時間目の数学で体調が悪くなって……保健室に行って、熱を測ってもらったことは覚えている。

セーラー服でベッドに横になるのは、少し居心地悪いと思ったことも。シワになったら、またお母さんに小言を言われちゃう。

それから……それから、どうしたんだっけ？

「起きたか？　茉由里」

宏輝くんの声に目を開く。

「え？」

目を瞬きながら私はあたりを見まわす。いつもの通学路なのに、いつもより視線が高い。当然だ、私はおぶわれているらしいのだから……誰に？　宏輝くんに！

「え、なんで……⁉」

なかばパニックになる私に宏輝くんが苦笑したのがわかる。

「暴れるな、茉由里」

「え、だって。だって……」

私は一気に身体が緊張してくるのを感じる。手の汗がすごい。宏輝くんに背負ってもらっているだなんて。

いつぶりだろう、と中学生になったばかりの私は考える。小さい頃はふざけて甘えてよくおぶってもらったものだけれど。

宏輝くんの通う、学年の九割が旧帝国大系に進学するという伝統ある男子校（ちなみに残り一割のほとんどは海外留学だそうだ）の学ランの襟が目の前にある。

「松田先生、仕事だろ？　たまたま連絡がつかなかったのか、川尻に学校から電話が来たんだ」

「川尻さんに？　あ、そっか……緊急連絡先になってもらったんだった」

頼れる親戚がこれといっていない私たち母子。以前一緒に住み込みで働いていた気やすさもあり、宏輝くんの家でお手伝いさんをしている川尻さんに中学校からの緊急連絡先をお願いしていたのだった。

「たまたま試験前で、学校が早く終わって家にいたんだ。川尻から茉由里が熱を出していると聞いて、代わりに俺が来た」

「そんな……ごめん。テスト前なのに」

私は恐縮して肩をすぼめる。宏輝くんが微かに息を止めたのがわかった。一度立ち止まり、それから大きくため息をついて、再び歩き出す。

「こ、宏輝くん？」

「……俺が茉由里以上に優先すべき事柄がないことくらい、わかっていると思っていたけれど」

ほんの少し声が硬い。私は目を丸くした。あれ、機嫌が悪い……私のせいで勉強時間が減ったとかそんな感じではない。

「え？ あ、う、うん。ごめんなさい」

宏輝くんにとって、私は妹同然に育ってきた……世が世なら、乳兄妹と言ってもいいかもしれない存在だった。

浮世離れしている性格のせいで、宏輝くんにとって家族というより同志みたいになっている美樹ちゃんよりも、もしかしたら私は彼に近しい存在なのかもしれない。

それゆえだと思う。彼が私にひどく甘く優しくしてくれるのは……。美樹ちゃんも私に対しては同様なのだけれど。

私が宏輝くんに恋心を抱いてるなんて知れたら、宏輝くんはもう、私にこんなふうに甘く接してくれなくなるんじゃないかな。

そんなふうに思うと、胸のあたりがぎゅっと痛い。微かに息を吐き出すと、宏輝くんは心配そうに「きついのか？」と声をかけてくれた。

「……熱、まだ少しありそうだな。もう少し俺に体重かけろ、茉由里」

「でも……」

「そのほうが歩きやすいから。な？」

宏輝くんはふっと声のトーンを変えて言った。私は頷き、彼の背中にそっと身体を預ける。下りて歩くと言えないのは、それができない体調だとわかっているのもある。……もしかしたら頭のどこかで、大好きな彼に少しでも甘やかされていたいという欲が働いていたのかもしれなかった。ちょっと申し訳なくなって、学ランに顔を埋めて口を開いた。

「ごめんね。重いでしょ」

「重い？」

宏輝くんが肩を揺らした。

「軽いよ。びっくりするくらい、軽い。ちゃんと食事しているか？」

「食べてるよ」

「ならいいけど」

そう答えてから、宏輝くんは続けた。

「車出してもらおうかとも思ったんだけどな……ウチの車で茉由里を迎えに行くと、変な噂になりそうで。またからかわれるの、嫌かなと」

「ああ、うん……」

私は苦笑した。

小学校の頃、なにかの用事で宏輝くんに車で迎えに来てもらったことがある。上宮家の車は運転手さん付きの高級セダン。普通の公立小学校の校門に乗り付けられたせいで、私は周囲からかなり奇異な目で見られてしまった。

特に、男子からは……。昔から男の子には意地悪されたりからかわれたりされることが多くて、私はちょっと彼らが苦手だ。というか、宏輝くん以外の男の子が苦手なのかもしれなかった。

女子の友達からは『なあにあの王子様！』『いいなあ！』『お兄ちゃんなの⁉』『てことは茉由里ちゃんもお嬢様なの⁉』と質問攻めにも遭ってしまった。宏輝くんたちは小学校も私立だったから、近くに住んでいるのに知り合いのような存在がいないのだった。

「茉由里のマンションまで、医師に往診に来てもらうことになっているから」

「ええっ」

上宮病院のお医者様ということだろう。私は目を丸くして首を横に振る。

「そんな。悪いよ、ただの風邪だし……」

「違ったらどうするんだ？」

ど、どうするんだって。私は目を瞬く。

「おとなしく診察を受けてくれ」

宏輝くんの心配に満ち満ちた声に、心臓をむぎゅっと柔らかく押しつぶされたような気分になりつつ頷いた。

マンションの近くに近づいてから、エントランスの前にひとり、私の通う中学校の学ランを着ている人影を見つけた。宏輝くんの制服は学ランは学ランでも私立らしく少しデザインが変わっているけれど、その彼の制服は全国どこでも見かける、いわゆる普通の学ランだった。

そんな彼を、私は知っていた。背は高めで、髪は短い。小学校は違った彼は、中学からの同級生だ。小学校から不得意だった意地悪な男子とは少し違い、私だけでなく他の女子にも柔和で優しいので人気がある。

そういえば、私の友達が彼に告白したのだけれど『好きな人がいるから』とフラれてしまっていた。

「田中《たなか》くん、どうしたの」

彼は私の声が聞こえたのか、ぱっと顔を上げ、それからおぶわれている私を見て目を丸くした。

「松田、そんなに体調悪かったのか」

それから宏輝くんに目をやり、頭を下げる。

「あ、松田のお兄さんスか。こんにちは。オレ、あの」

「違うよ。兄じゃない」

私が答える前に、宏輝くんがさらっと答える。顔はわからないけれど、ほんの少しだけ、その声に苛つきが混じっていて目を瞠る。

「宏輝くん？」

思わず呟いた私を軽く背負い直しながら、宏輝くんは田中くんに近づく。

「それより君は？」

「え？　ああ、松田にプリント……宿題の」

放課後もしばらく保健室にいたのに、先生が気が付かずに田中くんに渡してしまったのだろう。彼は誰に対しても親切だから、こういうのを頼まれやすいらしかった。

「ごめんね、ありがとう」

受け取ろうとするも、代わりに宏輝くんが受け取ってくれる。

「ありがとう」

少し硬い声でお礼まで添えて。

私は慌てて「田中くん、ありがとう」と少し声を大きめに言う。

「ん、いいよ」

そう答える田中くんの視線は完璧に宏輝くんに向いていた。優しい田中くんの様子からはあまり想像できない、険しい目線にたじろぐ。

「……松田、この人、ちゃんと知り合いだよな？　変な人とかじゃないよな？」

「え！」

目を丸くしながら、なるほどそれで怖い顔をしていたのかなと気がつく。慌てて
「大丈夫だよ！」と笑ってみせた。

「お兄ちゃんみたいな感じのひとなの」

宏輝くんと私の関係性をひとことで説明するのは難しいから、さらっとそんなふうに答えた。宏輝くんの背中が一瞬こわばる。

反対に田中くんは表情を緩めた。

「そっか。じゃあ、お大事にな。お兄さんも、また」

宏輝くんにも礼儀正しく挨拶して、田中くんは走り去っていく。

宏輝くんは無言でそれを見送ったあと、私のカバンから鍵を取り出してマンションの自動ドアを開く。

エレベーターでも、玄関に入っても宏輝くんは無言だった。ソファの上に下ろしてもらって、座っていられなくて横になる。

ああ、熱があるってこんなにつらかったっけ。口内炎もそうだけど、かかってない

ときは風邪のつらさって忘れちゃうなあ……なんてことをつらつら考えていると、きっちり洗面所で手を洗った宏輝くんが戻ってきて、ラグに直接座り私を覗き込む。クッションに頭を預けていた私が慌てて起き上がろうとすると、宏輝くんは私の肩を押さえる。

「こら」

「でも」

「いいから寝てて。制服着替えられそう？」

言われておずおずと頷く。宏輝くんは目だけで頷いて、立ち上がってリビングを出ていった。戻ってきた彼の手には、私の部屋着のジャージ。

「ありがとう……」

うん、と頷いて、宏輝くんが部屋を出ていく。着替えろということだろうから、緩慢に身体を起こしてなんとか着替えを済ませる。制服はとりあえずソファの背にかけた。

戻ってきた宏輝くんはラグに膝をつき、ソファの背に寄りかかる私の顔を覗き込む。精悍な眉目。そのかんばせは、すでに大人の男の人のものに近い。

すっかり低くなった声が「茉由里」と私を呼んだ。思わず息をひゅっと吸い込んだ私に、彼はそのまま無言で顔を寄せてくる。

「こ、宏輝くん？」

戸惑う私の声には、絶対に恋心が滲んでいた。だって好きだから……。

「ん」

優しく低い声で彼はそう言って、私の頬を親指で撫でた。発熱のせいだけじゃなく頬が熱い。口から心臓が飛び出そう──なんで宏輝くん、こんなに近いの？

……キス、されそう。

そんな考えが浮かんで慌ててかき消す。私はともかく、宏輝くんが私にそんな感情を抱くはずないのだから。

それなのにさらに近づいてくる彼の温度に、吐息に、思わず目をつぶった。

……と、その瞬間。

額と額とが重なる。

「……やっぱり熱高いな。体温計は？」

そう言って宏輝くんは立ち上がった。

「あ、体温……」

私は弛緩してずるずるとソファに横たわりながら、自分の額を押さえる。恥ずかしくて穴があったら入りたい。

そう、そうだよね、宏輝くんは私のこと妹みたいに思ってくれているだけで……っ。

羞恥で半泣きになっている私を見下ろし、宏輝くんがすっと目を細める。どうしたんだろう、と思っているうちに彼はまたしゃがみ込んだ。

そして私の額にキスをひとつ、落とす。

「……？」

私は無言で目を何度も瞬いた。なにをされているのか、よくわからない。

額に感じる、柔らかくて少し冷たい彼の唇の感覚。

目を白黒させているうちに彼は離れ、頬を緩めて少しだけいたずらっぽく笑う。

その顔を、私は呆然と見つめた。

そして今さらながらに、どっと全身から汗が湧き出した。な、なに、なにされたの、今なにされたの……！

キス、されちゃった。額にだけど、キス……っ。

そんな私に宏輝くんは飄々と言い放つ。

「おまじない」

「おまじない……？」

「そう。早くよくなりますようにって」

早鐘を打つ心臓の鼓動を感じつつ、私は必死で「そ、そっか。ありがとう」となんとか口にした。

おまじない。

そう、おまじない……！　なにも特別な感情があったわけじゃない。

それなのに、わかっているのにどきどきする。人を好きになるって、恋するって、なんて忙しい……！

「それから」

宏輝くんはすっと立ち上がり、微かに声のトーンを落として呟いた。

「虫除けのおまじないでもあるかな」

「虫除け……？」

きょとんとする私の頭をぽんぽんと撫でて、宏輝くんは「体温計この棚だっけ？」と備え付けの棚に触れる。

私はいつまでも額にキスの感触が忘れられなくて、ただ彼の広くなった背中を見つめていた。

数日経ち、登校した私は田中くんのところに向かう。なぜだか坊主になっていて目を丸くした。

「さっぱりしたね。あの、プリントありがとう。助かったよ」

「全然」

そう言って笑う田中くんの背後から、彼の友達がからかうように肩を組む。

「なー松田、こいつ失恋したんだって。それで坊主なんだよ」

「そうなの？」

私は彼を見上げる。失恋……、って、友達に言っていた好きな人のことかな。

「誰だか最後まで教えてくんなかったよなー。この、友達がいのないやつめ」

「いーだろ。思い切りフラれたんだから」

そう言って田中くんは自分の頭を撫で続ける。

「フラれたっつうか、釘《くぎ》を刺されたというか」

「釘を刺された？」

小さく首を傾げる私に、田中くんは明るく笑った。

◇◇◇

「だ、だから宏輝さん。私、今まで男性にモテたことないんだよ。むしろ苦手なくらいで……だから、そんなに心配しなくていい……っ」

子どもたち三人が寝静まった夜。

リビングで私は必死で背伸びをして、宏輝さんからとあるものを取り返そうとしていた。

「前にも言っただろ？　君は魅力的だ、気がついてないだけだ」

「そんなことない、だから返して……！」

宏輝さんは一枚の葉書を片手で持ち、腕を伸ばして頭の上にかざしていた。そんな彼から葉書を取り戻そうと、私は必死で背伸びをしていたのだ。

そうしたところで、全然届きそうにないのだけれど。

「同窓会なんかだめだ。絶対にだめ」

「どうして！」

「友達には別に約束して会えばいいじゃないか。結婚式にも来てくれていただろ？」

「そういう問題じゃ……、きゃっ」

宏輝さんは私を片手で抱きしめて額を重ねる。

「田中も来るかもしれないだろ？」

「田中？」

私は目を瞬き、田中という名前の同級生について考える。……あ、あの田中くんか！　親切で明るい男の子だった。

「来るかどうかは知らないよ」

「来たらまた君を好きになるかも」

そう言って宏輝さんはムッと眉をひそめた。好きになる？

首を傾げた私の額にキスを落とし、宏輝さんは少し拗ねた声で続けた。

「ほら、やっぱり気がついていなかった」

「どういう……田中くん、私のこと好きだった……の？　中学のとき？」

そんなふうに感じたことのなかった私がきょとんとすると、宏輝さんは「ほらな」と微かに声を低くする。

「鈍いんだ、君は」

「ええっ。でもだって……そう、坊主になってたよ。失恋したって。私、彼のこと振ったりしたことないもの」

「俺が」

そう言って宏輝さんは口をつぐむ。私はじとりと彼を見上げた。

「なにしたの？　そういえば、釘を刺されたって」

「……大したことは」

「もう、大人げないことしないで！」

あのとき宏輝さんはもう高校三年生だ。中学生相手に一体なにをしたのだろう。

「仕方ないだろう」

そう言って宏輝さんはハガキをテーブルに置き、私を軽々と抱き上げソファに座る。

私は横向きに彼の足の上に座っている形だ。

宏輝さんは私の頬を大きな手のひらで撫で、眉を下げて「茉由里」と呟く。

「前にも言っただろ？　君に近づく男を排除してきたって」

「本当だと思わなかった……」

私の返答に宏輝さんはどこか面白げに笑う。私は苦笑しながら彼の頬にキスをする。

「同窓会には行くからね」

「まだ言うか」

「心配しないで。だって」

私はそっと彼の耳もとに口を寄せる。

「何度も言っているでしょ？　……あなた以外、見えないよ」

宏輝さんはぐっと押し黙り、それからそっと唇にキスを落としてくる。私は彼の首に腕をまわして抱きつきながら、深くなるキスに身を任せた。

舌を擦り合わせ絡めたあと、ゆっくりと私から唇を離した彼は苦笑して言う。

「結局、なにがあっても君のお願いはなんでも聞いてしまうんだよな……」

結局のところ私に甘い甘い彼は、そう言いながらゆったりと笑ったのだった。

END

あとがき

このたびは『凄腕外科医は初恋妻を溺愛で取り戻す～もう二度と君を離さない～【極上スパダリの執着溺愛シリーズ】』を手にとっていただきありがとうございます。はじめましての方もいらっしゃるかと思います、にしのムラサキと申します。今回はベリーズ文庫様に大変光栄なご縁をいただきまして、こうしてシリーズのひとつとしてお話をお届けすることができました。

シリーズでとお声がけいただいたとき「私でよいのでしょうか」と狼狽しました。そしてシリーズをご一緒させていただく先生方のお名前を知ったときさらに動揺しました。いいんでしょうか私混ぜていただいて……。恐縮しきりですが少しでも楽しんでいただけていたら幸いです。

また、逆月酒乱先生には素晴らしすぎるイラストを描いていただきました。

本当にすてきなヒーロー＆ヒロインはもちろん、祐希くんをめちゃくちゃかわいく描いていただき思わず伏し拝んでしまいました本当にかわいい……！　生きていてよかったです。

最後になりましたが、本作に関わっていただいた全ての方に感謝を申し上げます。

なにより読んでくださった読者様方には何回お礼を言っても言い足りません。

本当にありがとうございました。

にしのムラサキ

にしのムラサキ先生への
ファンレターのあて先

〒104-0031
東京都中央区京橋1-3-1
八重洲口大栄ビル7F
スターツ出版株式会社　書籍編集部　気付

にしのムラサキ先生

本書へのご意見をお聞かせください

お買い上げいただき、ありがとうございます。
今後の編集の参考にさせていただきますので、
アンケートにお答えいただければ幸いです。

下記URLまたはQRコードから
アンケートページへお入りください。
https://www.berrys-cafe.jp/static/etc/bb

この物語はフィクションであり、
実在の人物・団体等には一切関係ありません。
本書の無断複写・転載を禁じます。

凄腕外科医は初恋妻を溺愛で取り戻す
～もう二度と君を離さない～
【極上スパダリの執着溺愛シリーズ】

2023年11月10日　初版第1刷発行

著　者　にしのムラサキ
©Murasaki Nishino 2023
発行人　菊地修一
デザイン　hive & co.,ltd.
校　正　株式会社文字工房燦光
発行所　スターツ出版株式会社
〒104-0031
東京都中央区京橋1-3-1　八重洲口大栄ビル7F
TEL　出版マーケティンググループ　03-6202-0386
（ご注文等に関するお問い合わせ）
URL　https://starts-pub.jp/
印刷所　大日本印刷株式会社

Printed in Japan

ISBN 978-4-8137-1499-6　C0193

ベリーズ文庫 2023年11月発売

『凄腕外科医は初恋妻を溺愛で取り戻す～もう二度と君を離さない～【極上スパダリの執着溺愛シリーズ】』 にしのムラサキ・著

受付事務の茉由里と大病院の御曹司・宏輝は婚約中。幸せ絶頂の中、彼の政略結婚を望む彼の母に別れを懇願され、茉由里は彼の未来のために姿を消すことを決意。しかしその直後、妊娠が発覚。密かに産み育てていたはずが…。「ずっと君だけを愛してる」――茉由里を探し出した宏輝の猛溺愛が止まらなくて…!?

ISBN 978-4-8137-1499-6／定価726円（本体660円＋税10%）

『契約婚初夜、冷徹警視正の激愛が溢れて抗えない』 滝井《たきい》みらん・著

図書館司書の莉乃は、知人の提案を断れずエリート警視正・柊吾とお見合いすることに。彼も結婚を本気で考えていないと思っていたのに、まさかの契約結婚を提案される！　同居が始まると、紳士だったはずの柊吾が俺様に豹変して…!?　「俺しか見るな」――独占欲全開な彼の猛溺愛に溶かし尽くされ…。

ISBN 978-4-8137-1500-9／定価748円（本体680円＋税10%）

『離婚したはずが、辣腕御曹司は揺るぎない愛でもう一度娶る』 高田《たかだ》ちさき・著

IT会社で働くOLの琴葉は、ある日新社長の補佐役に抜擢される。彼女の前に新社長として現れたのは、4年前に離婚した元夫・玲司だった。とある事情から、旧財閥の御曹司の彼に迷惑をかけまいと琴葉は身を引いた。それなのに、「俺の妻は、生涯で君しかいない」と一途すぎる溺愛猛攻がはじまって…!?

ISBN 978-4-8137-1501-6／定価726円（本体660円＋税10%）

『偽装結婚から始まる完璧御曹司の甘すぎる純愛―どうしようもないほど愛してる』 吉澤紗矢《よしざわさや》・著

カフェ店員の花穂は、過去のトラウマが原因で男性が苦手。しかし、父親から見合いを強要され困っていた。断りきれず顔合わせの場に行くと、そこにいたのは常連客である大手企業の御曹司・響一で…!?　彼の提案で偽装結婚することになった花穂。すると、予想外の甘い独占欲に蕩かされる日々が始まって…!?

ISBN 978-4-8137-1502-3／定価726円（本体660円＋税10%）

『俺様御曹司は本能愛を抑えない～傷心中でしたが溺愛で溶かされました～』 立花実咲《たちばなみさき》・著

失恋から立ち直れずにいた澄香は、花見に参加した帰り道、理想的な紳士と出会う。彼との再会を夢見ていた矢先、勤務する大手商社の御曹司・伊吹から突然プロポーズされて…!?　「君はただ俺に溺れればいい」――理想と違うはずなのに、甘く獰猛な彼からの溺愛必至な猛アプローチに澄香の心は揺れ動き…。

ISBN 978-4-8137-1503-0／定価715円（本体650円＋税10%）

ベリーズ文庫 2023年11月発売

『愛なき結婚ですが、一途な冷徹御曹司のとろ甘溺愛が始まりました』 田崎《たさき》くるみ・著

1年前、社長令嬢の菫子は片思いしていた御曹司の隼士と政略結婚をすることに。しかしふたりの関係はいつまでも冷え切ったまま。いつしか菫子は彼の人生を縛り付けたくないと身を引こうと決意し離婚を告げるが…。「君を誰にも渡さない」——なぜか彼の独占欲に火がついて菫子への溺愛猛攻が始まって…!?

ISBN 978-4-8137-1504-7／定価726円（本体660円＋税10%）

ベリーズ文庫 2023年12月発売予定

Now Printing

『タイトル未定(御曹司×許嫁)【極上スパダリの執着溺愛シリーズ】』 若菜《わかな》モモ・著

大学を卒業したばかりの蘭は祖母同士の口約束で御曹司・清志郎と許嫁関係。憧れの彼との結婚生活に浮足立つも、愛なき結婚に寂しさは募るばかり。そんなある日、突然クールで不愛想だったはずの彼の激愛が溢れだし…!? 「君を絶対に手放さない」――彼の優しくも熱を孕む視線に蘭は甘く蕩けていき…。

ISBN 978-4-8137-1509-2／予価660円（本体600円＋税10%）

Now Printing

『溺愛夫婦が避妊をやめた日』 葉月《はづき》りゅう・著

割烹料理店で働く依都は、客に絡まれているところを大企業の社長・史悠に助けられる。仕事に厳しいことから"鬼"と呼ばれる冷酷な彼だったが、依都には甘い独占欲を露わにしてきて!? いつしか恋人同士になったふたりは結婚を考えるようになるも、依都はとある理由から妊娠することに抵抗を感じていて…。

ISBN 978-4-8137-1510-8／予価660円（本体600円＋税10%）

Now Printing

『ホテル王の不屈の純愛～過保護な溺愛に抗えない～』 皐月《さつき》なおみ・著

母を亡くし無気力な生活を送る日奈子。幼なじみで九条グループの御曹司・宗一郎に淡い恋心を抱いていたが、母の遺書に「宗一郎を好きになってはいけない」とあり、彼への気持ちを封印しようと決意。そんな中、突然彼からプロポーズされて…!? 彼の過保護な溺愛で次第に日奈子は身も心も溶けていき…。

ISBN 978-4-8137-1511-5／予価660円（本体600円＋税10%）

Now Printing

『タイトル未定(救急医×ベビー)』 未華空央《みはなそらお》・著

看護師の芽衣は仕事の悩みを聞いてもらったことで、エリート救急医・元宮と急接近。独占欲を露わにした彼に惹かれ甘い夜を過ごした後、元宮が結婚し渡米する噂を聞いてしまう。身を引いて娘をひとり産み育てていた頃、彼が目の前に現れて…！ 「もう、抑えきれない」ママになっても溺愛されっぱなしで…!?

ISBN 978-4-8137-1512-2／予価660円（本体600円＋税10%）

Now Printing

『タイトル未定(社長×契約結婚)』 黒乃梓《くろのあずさ》・著

大手企業で契約社員として働く傍ら、伯母の家事代行会社を手伝っている未希。ある日、家事代行の客先へ向かうと、勤め先の社長・隼人の家で…!? 副業がバレた上、契約結婚を持ちかけられる。「君の仕事は俺に甘やかされることだろ?」――仕事の延長の"妻業"のはずが、甘い溺愛に未希の心は溶かされていき…。

ISBN 978-4-8137-1513-9／予価660円（本体600円＋税10%）

タイトル、価格等は変更になることがございますのでご了承ください。

ベリーズ文庫 2023年12月発売予定

Now Printing

『初めましてこんにちは、離婚してください[新装版]』 あさぎ千夜春《ちよはる》・著

家のために若くして政略結婚させられた莉央。相手は、容姿端麗だけど冷徹なIT界の帝王・高嶺。互いに顔も知らないまま十年が経ち、莉央はついに"夫"に離婚を突きつける。けれど高嶺は離婚を拒否し、まさかの溺愛モード全開に豹変して…!? 大ヒット作を装い新たに刊行! 特別書き下ろし番外編付き!

ISBN 978-4-8137-1514-6／予価660円（本体600円＋税10%）

Now Printing

『慈善事業はもうたくさん!～転生聖女は、神殿から逃げ出したい～』 坂野真夢《さかのまむ》・著

神の声を聞ける聖女・ブランシュはお人よしで苦労性。ある時、神から"結婚せよ"とのお告げがあり、訳ありの辺境伯・オレールの元へ嫁ぐことに! 彼は冷めた態度だが、ブランシュは領民の役に立とうと日々奮闘。するとオレールの不器用な愛が漏れ出してきて…。聖女が俗世で幸せになっていいんですか…!?

ISBN 978-4-8137-1515-3／予価660円（本体600円＋税10%）

タイトル、価格等は変更になることがございますのでご了承ください。